ONCE UPON A TIME

ONCE UPON A TIME

uma antologia de contos de fadas

Ilustrações de
Kevin Tong

Tradução
Elisa Campos

Planeta

Título original: *Once Upon a Time: a collection of classic fairy tales*

Preparação: Marcela Lazarini
Revisão: Carla Mello Moreira e Patrícia Alves Santana
Diagramação: Anna Yue e Francisco Lavorini
Capa: Adaptação do original: Mauro C. Naxara

CIP-BRASIL. CATALOGAÇÃO NA PUBLICAÇÃO
SINDICATO NACIONAL DOS EDITORES DE LIVROS, RJ

G874o
Grimm, Jacob, 1785-1863
Once upon a time: uma antologia de contos de fadas / Irmãos Grimm; ilustração Kevin Tong; tradução Elisa Campos. - 2. ed. - São Paulo: Planeta, 2017.

Tradução de: Once upon a time: a collection of classic fairy tales
ISBN 978-85-422-1089-7

1. Conto infantojuvenil alemão. I. Grimm, Willhelm, 1786-1859. II. Tong, Kevin. II. Campos, Elisa. III. Título.

17-43126 CDD: 028.5
CDU: 087.5

2017
Todos os direitos desta edição reservados à
EDITORA PLANETA DO BRASIL LTDA.
Rua Padre João Manuel, 100 – 21º andar
Edifício Horsa II – Cerqueira César
01411-000 – São Paulo – SP
www.planetadelivros.com.br
atendimento@editoraplaneta.com.br

SUMÁRIO

PREFÁCIO

Os irmãos Grimm com certeza não podiam imaginar a imensa influência que sua antologia de contos exerceria na literatura. Quase duzentos anos depois da publicação do primeiro volume de *Os contos de Grimm*, essas histórias estão tão integradas ao tecido de nossa cultura que é difícil encontrar alguém que nunca tenha ouvido pelo menos uma delas. Talvez seus pais tenham lhe contado a história de Chapeuzinho Vermelho. Talvez você tenha lido "Rumpelstilsequim" na escola. Talvez tenha visto as versões da Disney para Cinderela e Branca de Neve. Não importa a maneira pela qual entramos em contato com essas histórias mágicas – elas se tornaram onipresentes em nossa sociedade.

O fato de esses contos arquetípicos terem persistido por tanto tempo inspirou *Once Upon a Time*. Nove anos atrás, depois de terminarmos a última temporada de *Felicity*, começamos a discutir que tipo de programa gostaríamos de criar, o que nos levou a refletir por que nos sentimos compelidos a contar histórias. Não demorou muito para percebermos que a semente desse impulso foi plantada no início de nossa infância, quando nos apaixonamos por esses contos de fada e suas personagens. Porém, embora gostássemos delas do jeito que eram, também desejávamos saber mais sobre o mundo que elas habitavam. Essa era uma tarefa assustadora, e foi apenas depois da experiência de escrever *Lost* – série na qual era preciso equilibrar uma mitologia intrincada com personagens também intrincados – que nos sentimos prontos para dar início ao novo projeto. A estratégia utilizada foi mergulhar no universo dessas figuras icônicas e encontrar por que elas mexiam conosco de forma tão profunda. Acabamos por encontrar uma força que parecia interligar todos os contos. A esperança.

Para nós, esse é o significado dos contos de fadas: a esperança de que a vida vai melhorar. Acreditamos que essa seja também a razão pela qual as pessoas jogam na loteria – se ganharem, largam o emprego e se mudam para Paris. Ou a razão pela qual perseguimos os sonhos que nos libertam da luta diária. Nestes tempos em que vivemos, a esperança é especialmente importante. Queríamos escrever um programa que, durante uma hora por semana, pudesse transportar os espectadores para um lugar que lhes permitisse colocar tudo de lado e recordar a esperança que sentiram na infância ao ler essas histórias pela primeira vez. Era com esse sentimento de esperança – de que é possível transcender as circunstâncias nas quais nascemos, ou de que podemos encontrar o amor verdadeiro – que desejávamos trabalhar, e por essa razão *Os contos de Grimm* foram o ponto de partida do nosso programa. O amor que sentimos por eles nos levou a mergulhar em suas personagens e explorar suas principais características.

Por isso é uma honra apresentar essas narrativas clássicas nesta nova antologia. O toque contemporâneo que oferecemos ao público todas as semanas está maravilhosamente refletido nas páginas deste livro pelas ilustrações de Kevin Tong. Sua estética mescla uma sensibilidade contemporânea ao domínio do estilo clássico. É exatamente isso o que desejamos fazer com *Once Upon a Time*: começar com algo que conhecemos e amamos e examiná-lo sob novos ângulos, resultando em algo totalmente novo. Como nós, Kevin está interessado em descobrir o que está oculto naquilo que está aparente, sem perder de vista os elementos que o fascinavam.

Esperamos que este livro estimule as pessoas a se reunir. Sentimos saudade da primeira vez em que lemos essas histórias e esperamos que esta edição ofereça aos adultos uma oportunidade de reviver boas experiências da infância. Seja como for, essas histórias persistirão em nossa memória coletiva; serão impressas e reimpressas e continuarão a inspirar as pessoas muito tempo depois de nosso programa sair do ar. Isso, por si só, é auspicioso.

EDWARD KITSIS e ADAM HOROWITZ
LOS ANGELES, 2011

ONCE UPON A TIME

JOÃO E MARIA

Perto de uma grande floresta viviam um lenhador pobre, sua esposa e seus dois filhos. O menino se chamava João, e a menina se chamava Maria. Eles sempre tiveram muito pouco para comer, mas, certa vez, quando houve uma grande fome na terra, o homem já não conseguia sequer ganhar o pão de cada dia. Uma noite, enquanto se revirava na cama pensando sobre o assunto, ele suspirou profundamente e disse à esposa:

– O que será de nós? Não conseguimos nem alimentar nossos filhos. Não sobrou nada para nós.

– Eu lhe digo o que faremos, marido – a mulher respondeu. – Levaremos as crianças para a floresta amanhã bem cedo, no lugar onde o mato é mais espesso. Faremos uma fogueira e daremos um pedaço de pão a cada um. Então iremos para o nosso trabalho e os deixaremos lá. Eles jamais encontrarão o caminho de volta, e assim nos livraremos deles.

– Não, mulher! – o homem exclamou. – Não posso fazer isso. Não consigo nem imaginar a ideia de levar meus filhos à floresta e deixá-los lá sozinhos. Logo eles seriam devorados pelas feras.

– Você é um tolo – ela protestou. – Vamos todos morrer de fome. É melhor providenciar já os caixões. – E não lhe deu sossego até que ele concordasse com o plano.

– Mas tenho muita pena das crianças – disse o homem.

Como estavam famintos, os dois irmãos não conseguiam dormir e acabaram ouvindo tudo o que a madrasta dissera ao seu pai.

Maria chorou de tristeza e disse a João:

– É o nosso fim.

– Fique calma, Maria. Eu vou dar um jeito nisso.

Quando os pais adormeceram, João se levantou, vestiu seu casaquinho, abriu a porta dos fundos e esgueirou-se para fora. A lua brilhava no céu, e as pedrinhas brancas em frente da casa cintilavam como moedas de prata. João recolheu-as e encheu o bolso com elas. Então entrou em casa e disse a Maria:

– Sossega, irmãzinha, e durma tranquila, pois Deus não nos abandonará – e voltou a deitar-se.

Nas primeiras horas da manhã, antes de o sol nascer, a mulher acordou as duas crianças.

– Acordem, preguiçosos. Vamos para a floresta cortar lenha – ela ordenou.

E então deu a cada um um pedaço de pão.

– É para o jantar – disse-lhes. – Não comam antes, porque não temos mais.

Maria colocou os pães debaixo do avental, pois João levava os bolsos cheios de pedrinha. Partiram todos juntos para a floresta. Quando haviam caminhado um tanto, João parou e virou-se na direção da casa. Fez isso várias vezes.

Por fim, seu pai lhe perguntou:

– João, para o que você está olhando? Ande para a frente, menino.

– Mas, pai – João disse –, estou olhando para o meu gatinho, que está no telhado para me dizer adeus.

– Não seja bobo – a mulher o repreendeu. – Aquilo não é o gato, mas o sol batendo na chaminé.

É claro que João não estava olhando para o gatinho. Na verdade, ia tirando as pedrinhas do bolso e jogando-as pelo caminho.

Quando chegaram ao meio da floresta, o pai pediu aos filhos que fossem pegar madeira para acender uma fogueira e se aquecer. João e Maria fizeram um pequeno monte com galhos e acenderam o fogo.

E então a mulher ordenou:

– Agora deitem-se ao lado da fogueira e descansem, crianças. Eu e seu pai vamos cortar lenha. Quando terminarmos, viremos buscá-los.

João e Maria sentaram-se ao lado do fogo e, ao meio-dia, comeram seus pedaços de pão. Eles achavam que o pai ficara na floresta o tempo todo, pois pensavam ouvir o barulho do machado, mas na verdade o ruído vinha de um galho pendurado em uma árvore ressecada, que o vento fazia balançar para lá e para cá. Depois de um tempo longo, seus olhos se fecharam de cansaço e eles adormeceram. Quando acordaram, já era noite. Maria começou a chorar:

– Como vamos sair desta floresta?

Mas João a confortou:

– Espere um pouco mais, até a lua surgir. Então encontraremos facilmente o caminho de casa.

Quando a lua cheia se levantou no céu, João pegou a irmãzinha pela mão e os dois seguiram a trilha de pedrinhas brancas que brilhavam ao luar e iluminavam o caminho de casa. Passaram a noite inteira andando. Ao raiar do dia, chegaram à casa do pai e bateram na porta. A madrasta atendeu. Quando ela viu João e Maria, disse:

– Mas que crianças levadas! Por que ficaram tanto tempo dormindo na floresta? Pensamos que vocês não mais voltariam.

O pai ficou feliz, pois estava com o coração doendo por tê-los deixado sozinhos na floresta. Não tardou muito para que outra fase de escassez voltasse, e as crianças ouviram a madrasta dizer ao pai, à noite, na cama:

– Acabou a comida. Temos apenas meio pão. Chega. As crianças devem ir embora. Dessa vez vamos penetrar ainda mais na floresta, para que não consigam achar o caminho de volta. Essa é a nossa única opção.

O homem ficou triste.

– Seria melhor dividirmos o último bocado com eles – respondeu ele.

Sua mulher, porém, não queria saber e o repreendeu. Quando um homem cede uma vez, acaba cedendo de novo.

As crianças não estavam dormindo e ouviram toda a conversa. Quando os pais adormeceram, João se levantou para recolher mais pedrinhas brancas do que na primeira vez, mas a madrasta tinha trancado a porta e ele não conseguiu sair. João consolou a irmãzinha, dizendo:

– Não chore, Maria. Vá dormir que Deus vai nos ajudar.

Na manhã seguinte, a mulher tirou as crianças da cama bem cedo. Ela deu um pedaço de pão para cada um deles; menos do que antes. A caminho da floresta, João esmigalhou o pão e guardo-o no bolso. De tempos em tempos ele parava para jogar no chão uma migalha.

– João, por que você fica aí parado? – perguntou o pai.

– Estou olhando a pombinha sentada no telhado – João respondeu.

– Que bobo! – a mulher protestou. – Não é a pomba, mas o sol da manhã batendo na chaminé.

João continuou andando e espalhando migalhas de pão pela estrada afora. A mulher levou as crianças até o coração da floresta, onde nunca eles haviam estado. Mais uma vez fizeram uma fogueira, e a madrasta disse:

– Sentem-se, crianças. Quando se cansarem, podem dormir. Nós vamos cortar lenha e à noite viremos buscá-los.

Ao meio-dia Maria dividiu com João seu pedaço de pão, uma vez que o outro fora espalhado ao longo do caminho. Então eles dormiram e a tarde passou. Ninguém foi buscar os pobrezinhos. Quando eles acordaram, já era noite. João consolou a irmãzinha, dizendo:

– Espere um pouco, Maria, só até a lua aparecer. Então conseguiremos ver as migalhas de pão que deixei pelo caminho.

Quando a lua surgiu no céu, eles se levantaram, mas não acharam nenhuma migalha de pão, pois os pássaros haviam comido todas elas.

João pensou que ainda assim eles achariam o caminho de volta, mas isso não aconteceu. Os irmãos caminharam toda a noite e todo o dia seguinte, mas não conseguiram sair da floresta. Eles estavam famintos, pois a única coisa que tinham para comer eram algumas frutinhas silvestres. Quando se sentiram cansados a ponto de não conseguir dar mais nem um passo, deitaram-se embaixo de uma árvore e adormeceram.

Aquela era a terceira manhã desde que haviam deixado a casa do pai. Estavam tentando voltar para lá, mas afundavam cada vez mais na floresta. Se não encontrassem socorro rapidamente, morreriam de fome.

Perto do meio-dia, João e Maria avistaram um lindo passarinho branco empoleirado em um galho. O bichinho entoava uma melodia tão doce que eles pararam para escutar. Assim que terminou de cantar, a ave abriu as asas e voejou na frente das crianças, que a seguiram até uma casinha. Quando João e Maria se aproximaram, perceberam que as paredes da casa eram feitas de pão, que o telhado era feito de bolos e que as janelas eram de açúcar transparente.

– Vamos provar – disse João – e fazer uma ótima refeição. Eu vou comer um pedaço do telhado, Maria, e você pode comer a janela, que deve ser bem doce.

E assim João esticou a mão e quebrou um pedacinho do telhado, para ver que gosto tinha. Maria aproximou-se da janela e deu-lhe uma dentada. De repente, porém, eles ouviram uma voz fina vindo de dentro da casa:

Ora, ora, ora.
Quem rói minha casinha a esta hora?

E os irmãos responderam:

Não duvide em nenhum momento
que foi apenas o vento.

E continuaram comendo. João, que tinha gostado muito do sabor do telhado, pegou um pedaço maior, e Maria arrancou uma fatia grande da janela, sentando-se para comê-la. Nesse momento a porta se abriu e uma velha saiu de lá de dentro apoiada em uma bengala. João e Maria ficaram assustados e derrubaram a comida no chão. A velha, porém, sacudiu a cabeça, dizendo:

– Ah, crianças, como vão vocês? Entrem e me façam companhia. Está tudo bem.

A velha pegou as crianças pela mão e levou-as para dentro da casa. Serviu-lhes leite e panquecas com açúcar, maçã e castanhas. A seguir, mostrou-lhes duas camas. João e Maria se deitaram, achando que estavam no céu.

Embora parecesse boa, a velha era na verdade uma bruxa má que vivia à espera de crianças e havia construído aquela casa com o objetivo de atraí-las. Assim que as crianças entravam, ela as matava, cozinhava e comia. Os olhos da bruxa eram vermelhos e ela não enxergava muito bem, mas tinha um olfato excelente e sabia muito bem quando havia seres humanos por perto. Quando percebeu que João e Maria estavam se aproximando, soltou uma gargalhada e disse, triunfante:

– Eu os peguei. Eles não vão escapar.

Na manhã do dia seguinte, antes que as crianças acordassem, ela foi vê-los. Os irmãos dormiam tranquilamente e tinham as bochechas rosadas.

– Que banquete eu vou ter! – a bruxa exclamou.

Ela agarrou João com sua mão ressecada e levou-o para um pequeno estábulo, trancando-o atrás de uma grade. Não adiantou o menino gritar. Então ela voltou para a casa e começou a sacudir Maria, gritando:

– Acorde, preguiçosa. Vá pegar água e cozinhe alguma coisa gostosa para o seu irmão. Ele está lá fora no estábulo e precisa engordar. E quando ele estiver bem gordinho vou comê-lo.

Maria pôs-se a chorar, mas não adiantou nada. Teve de fazer o que lhe ordenara a bruxa má.

E foi assim que a melhor comida foi servida para João. Para Maria sobraram apenas cascas de caranguejos. Todas as manhãs a bruxa ia ao estábulo e gritava:

– João, ponha o dedo para fora para eu ver se você já engordou.

João, no entanto, mostrava-lhe um ossinho, e, como a velha enxergava mal, achava que o menino continuava magro. Ela não entendia por quê. Depois de quatro semanas, perdeu a paciência.

– Maria, vá logo pegar água – ela gritou para a menina. Esteja gordo ou esteja magro, amanhã vou matá-lo e comê-lo.

Oh, que agonia para a pobre Maria ter de pegar água para cozinhar o próprio irmão! Lágrimas rolaram por seu rosto.

– Por favor, meu bom Deus, ajude-nos. Se tivéssemos sido devorados pelas feras da floresta, pelo menos teríamos morrido juntos.

– Deixe de lamentações – protestou a velha. – Elas não servem para nada.

Na manhã seguinte, Maria teve de se levantar bem cedo, acender o fogo e encher a chaleira.

– Primeiro vamos fazer o assado – a velha disse. – Já aqueci o forno e sovei a massa.

Ela empurrou Maria na direção do forno, no qual as chamas brilhavam.

– Entre – ordenou a bruxa – e veja se está bem quente para assar o pão.

Assim que Maria entrasse no forno, a bruxa pretendia fechá-la lá dentro para assá-la e comê-la também, mas Maria percebeu suas intenções e disse:

– Eu não sei fazer isso. Como é que se entra no forno?

– Garota burra – a velha respondeu. – A abertura é bem grande, não está vendo? Até eu consigo entrar. – E a velha esticou o tronco e pôs a cabeça na boca do forno. Então Maria deu-lhe um empurrão, enfiou-a lá dentro e trancou a porta. A velha urrou! Mas Maria saiu correndo e deixou a bruxa má assando. Foi direto até onde estava João e soltou-o.

– João, estamos livres. A bruxa velha está morta.

Tão logo a porta se abriu, João saiu de sua prisão. Como os dois estavam felizes! Eles se abraçaram e começaram a dançar. E como não havia nada mais a temer, vasculharam a casa da bruxa. Encontraram caixas de joias com pérolas e pedras preciosas por todos os cantos.

– Isto é muito melhor do que pedrinhas brancas – João constatou, enchendo os bolsos, enquanto Maria, pensando que também deveria levar algumas para casa, começou e encher o avental.

– Agora vamos tentar sair da floresta da bruxa – propôs João.

Depois de algumas horas de caminhada, surgiu um rio imenso.

– Não vamos conseguir atravessar – João disse. – Não estou vendo pedras nem ponte.

– Não há nenhum barco também – Maria acrescentou. – Mas veja ali um pato branco! Se eu pedir, ele vai nos ajudar. Maria gritou:

Pato, pato, aqui estamos,
João e Maria, na margem do rio.
Não temos pedras nem ponte,
leve-nos em seu dorso branco.

O pato se aproximou. João montou nele e chamou a irmã.

– Não – Maria disse. É peso demais para o pato. Vamos separados, um depois do outro.

E assim eles se arranjaram e cruzaram o rio. Depois de um tempo a paisagem começou a lhes parecer familiar. De repente, avistaram a casa do pai a distância. Os dois irmãos correram até lá, entraram esbaforidos e se agarraram ao pescoço do pai. O homem não tivera nenhum minuto de sossego desde que deixara os filhos na floresta; a mulher tinha morrido.

Maria abriu seu avental, espalhando as pérolas e as pedras preciosas pelo chão. E João pegou outro punhado delas no bolso. Assim tudo ficou resolvido, e ao final eles viveram juntos e felizes.

SEIS ATRAVESSAM O MUNDO INTEIRO

ERA UMA VEZ UM HOMEM QUE SABIA TODOS OS OFÍCIOS. SERVIRA NA guerra com bravura e coragem, mas no final fora mandado embora com apenas três tostões.

– Isso não vai ficar assim – ele protestou. – Quando eu achar o homem certo para me ajudar, o rei irá me oferecer todos os tesouros do reino.

Cheio de raiva, ele entrou na floresta, viu um homem ao lado de seis árvores que havia arrancado como se fossem pés de milho e lhe disse:

– Quer vir comigo e ser meu criado?

– Muito bem – ele respondeu. – Preciso apenas levar esta madeira para o meu pai e a minha mãe. – Ele pegou uma das árvores e enrolou-a nas outras cinco, pôs o fardo sobre os ombros e levou-o embora. Voltou rapidamente e passou a seguir seu líder, que disse:

– Juntos, nós dois podemos enfrentar o mundo.

Depois de caminhar um pouco, cruzaram com um caçador, que, de joelhos, mirava cuidadosamente com um rifle.

– Caçador – perguntou o líder –, em que está mirando?

– A três quilômetros daqui – ele respondeu – há uma mosca no galho de um carvalho. Pretendo acertar uma bala no olho esquerdo dela.

– Venha comigo – o líder propôs. – Juntos, nós três podemos enfrentar o mundo.

O caçador estava disposto a acompanhá-lo e assim o fez. E eles caminharam até encontrar sete moinhos de vento cujas pás giravam rapidamente apesar de não haver nenhum vento e de as folhas das árvores não se mexerem.

– Ora – disse o líder –, não entendo como estes moinhos se mexem sem vento. – E prosseguiu com seus seguidores por mais três quilômetros, quando viu um homem sentado no alto de uma árvore tampando uma narina e soprando com a outra.

– Ora, ora. O que está fazendo aí em cima? – quis saber o líder.

– A três quilômetros daqui – ele respondeu – há sete moinhos de vento. Eu sopro e eles se mexem.

– Venha comigo – pediu o líder. – Juntos, nós quatro podemos enfrentar o mundo.

O sujeito desceu da árvore e seguiu com os demais, e depois de um tempo eles encontraram um homem em pé em uma perna só. A outra tinha sido tirada e descansava no chão, ao lado dele.

– Você parece ter achado uma boa maneira de descansar – observou-lhe o líder.

– Sou corredor – o homem respondeu. – Para não andar rápido demais, tiro uma das pernas, pois, quando corro com as duas, vou mais depressa que um pássaro.

– Venha comigo – o líder pediu. – Juntos, nós cinco podemos enfrentar o mundo.

Eles seguiram todos juntos e não demorou muito para encontrarem um homem de chapéu, que o usava sobre uma orelha apenas.

– Tenha modos! – exclamou o líder. – Com o chapéu desse jeito você fica parecendo um idiota.

– Não ouso colocá-lo direito – respondeu o outro. – Se o fizesse, haveria tanto gelo que até os pássaros congelariam e cairiam mortos do céu.

– Venha comigo – sugeriu o líder. – Juntos, nós seis podemos enfrentar o mundo.

Os seis prosseguiram até uma cidade onde o rei mandou anunciar que aquele que apostasse uma corrida com sua filha e a vencesse se tornaria seu marido, mas, se perdesse, perderia também a cabeça. O líder se adiantou e declarou que um de seus homens correria por ele.

– Então a vida dele também entra na aposta – disse o rei. – Se ele perder, cortaremos a sua cabeça e a dele.

Acordo feito, o líder chamou o corredor e colocou nele a outra perna.

– Agora vá e vença por nós – ele pediu.

Ficou combinado que quem voltasse primeiro com a água de um riacho distante seria declarado vencedor. A filha do rei e o corredor pegaram um jarro cada um deles e começaram a correr juntos. Em pouco tempo, porém, o corredor desaparecia de vista enquanto a jovem tinha andado apenas um pouco. Logo ele chegou ao riacho, encheu o jarro com água e voltou. No meio do caminho, porém, foi tomado pelo cansaço. Pousou o jarro no chão e se deitou para dormir, mas colocou embaixo da cabeça o crânio de um cavalo morto, a fim de que esse travesseiro duro não o deixasse dormir tempo demais. Nesse meio-tempo, a filha do rei, que era boa corredora – boa o bastante para vencer um homem comum –, chegou ao riacho e encheu seu jarro. Quando voltava, viu o corredor adormecido.

– Hoje é meu dia – ela disse, contente, e esvaziou o jarro dele. E tudo estaria perdido se o caçador não estivesse encarapitado na muralha do castelo, vendo tudo.

– Não podemos deixar que a filha do rei nos passe a perna – ele disse e carregou o rifle. Mirou com tanta precisão que acertou o crânio do cavalo. O corredor acordou, ficou em pé, viu seu jarro vazio e a filha do rei já bem distante. Mas ele não desanimou. Correu até o riacho, encheu de novo o jarro e chegou dez minutos antes da moça.

– Veja bem – ele revelou –, esta foi a primeira vez que corri de verdade.

O rei e sua filha ficaram aborrecidos por ela ter sido vencida por um simples soldado demitido. E confabularam uma maneira de se livrar do soldado e de seus companheiros de uma só vez.

– Eu tenho um plano – disse o rei. – Vamos nos livrar deles para sempre. – Ele se aproximou dos homens e disse-lhes que eles deveriam festejar, comer e beber. E levou-os para uma sala com piso de ferro, portas de ferro e janelas com barras de ferro. Lá dentro havia uma mesa cheia de comidas caras.

– Fiquem à vontade – sugeriu o rei.

E quando todos entraram, ele os trancou. Então o rei chamou o cozinheiro e ordenou-lhe que acendesse uma grande fogueira debaixo da sala, de modo que o piso ficasse em brasa. Assim fez o cozinheiro. Os homens começaram a sentir a sala ficar cada vez mais quente, mas acharam que era por causa da boa comida. No entanto, quando o calor aumentou ainda mais e eles descobriram que portas e janelas estavam trancadas, começaram a suspeitar de um plano maligno do rei para sufocá-los.

– Ele não vencerá – disse o homem de chapéu. – Vou trazer tanto frio que o fogo sentirá vergonha.

Ele ajeitou o chapéu na cabeça, deixando-o reto, e logo surgiu um frio que afugentou o calor e congelou a comida. Depois de uma ou duas horas, pensando que estivessem todos mortos, o rei abriu a porta. Encontrou-os muito bem dispostos. Eles lhe disseram que estavam prontos para sair e se aquecer, pois o frio fizera a comida congelar nos pratos. Furioso, o rei foi até o cozinheiro perguntar por que ele não tinha cumprido suas ordens.

– A sala está quente, sim – respondeu o cozinheiro. – Veja por si mesmo.

Então o rei viu uma imensa fogueira acesa debaixo da sala de ferro e começou a achar que não conseguiria se livrar dos seis daquela maneira. Pensando em um novo plano, dirigiu-se ao líder:

– Se você abrir mão do direito de casar com minha filha, pode levar quanto ouro quiser.

– Certamente, meu senhor – o líder respondeu. – Levarei tanto ouro quanto meu criado conseguir carregar e desistirei de sua filha.

O rei concordou e disse-lhe que voltasse dali a duas semanas para pegar o ouro. Em seguida o rei chamou todos os alfaiates da corte e ordenou-lhes que fizessem um saco. A tarefa demorou duas semanas. Quando o saco ficou pronto, o homem que arrancara árvores pela raiz o pegou e foi até o rei.

– Quem é esse grandalhão que carrega um fardo grande como uma casa? – o rei gritou, aterrorizado ao pensar em todo o ouro que ele poderia carregar. Uma tonelada de ouro foi trazida por dezesseis homens, mas o grandalhão pôs tudo no saco com uma só mão e disse:

– Por que não trazem mais? Isto aqui não cobre nem o fundo do saco.

Então, pouco a pouco, o rei ordenou que trouxessem todo o seu tesouro, mas nem assim o saco ficou cheio.

– Tragam mais! – o homem berrou. – Isto aqui não dá para nada.

Finalmente, chegaram sete mil carroças carregadas com o ouro recolhido em todo o reino, e o grandalhão colocou-as todas no saco, com bois e tudo.

– Não vou ficar inspecionando. Levarei o que puder, desde que o saco fique cheio – ele disse. Mas quando tudo foi colocado lá dentro, ainda sobrou muito espaço. – Vou dar um fim nisto – ele continuou. – Já que o saco não está cheio, fica mais fácil amarrá-lo.

O homem jogou o saco sobre as costas e foi encontrar os companheiros. Quando o rei viu toda a sua fortuna carregada por único homem, encheu-se de raiva. Ordenou que a cavalaria alcançasse os seis companheiros e trouxessem o saco de volta.

Dois regimentos logo os alcançaram e lhes deram voz de prisão. Eles deveriam devolver o saco se não quisessem ser esquartejados.

– Somos prisioneiros? – perguntou o homem que soprava com o nariz. – Antes, porém, vocês vão dançar um pouco.

Tampando uma narina e soprando o ar com a outra, o homem mandou os dois regimentos pelos ares, para bem longe. Mas um sargento que tinha nove ferimentos e era muito corajoso implorou que não lhe causassem aquela vergonha. Então o outro diminuiu um pouco a força do sopro até o sargento pousar no chão em segurança.

– Vá até seu rei e diga-lhe que todos os regimentos que ele mandar irão pelos ares.

Quando recebeu a mensagem, o rei disse:

– Vamos deixá-los ir. Eles têm um pouco de razão.

E assim os seis companheiros levaram embora o seu tesouro e viveram felizes até morrer.

A PARCERIA ENTRE O GATO E O RATO

Era uma vez um gato que ao conhecer um rato lhe jurou tanto amor e amizade que o rato afinal concordou que vivessem juntos e juntos cuidassem da casa.

– Precisamos guardar comida para o inverno – o gato disse – ou então passaremos fome. E você, ratinho, não deve se aventurar lá fora, caso contrário vai acabar preso em uma ratoeira.

Então eles conversaram e decidiram comprar um potinho de banha. Porém não sabiam onde guardá-lo em segurança. Por fim, depois de demorada consideração, o gato disse que não poderia haver melhor lugar do que a igreja, pois ninguém roubaria nada de lá. Eles colocariam o pote debaixo do altar e não mexeriam nele até que estivessem de fato necessitados. E assim foi feito, e o potinho foi guardado em segurança.

No entanto, não demorou muito para que o gato fosse tomado por um grande desejo de experimentar a banha.

– Escute, ratinho – ele disse. – Minha prima me pediu para ser o padrinho do filhotinho que ela trouxe ao mundo. Ele é branco com manchas marrons, e o batismo deve ser hoje. Permita que eu vá enquanto você cuida da casa.

– Mas é claro! – o rato respondeu. – Vá, vá. E, quando estiver provando aquelas iguarias todas, pense em mim. Eu bem que gostaria de uma gota de vinho tinto doce.

Mas nada daquilo era verdade. O gato não tinha prima e não fora convidado para padrinho. Em vez disso, ele foi à igreja, encaminhou-se diretamente ao pote e lambeu a banha. Então foi passear pelos telhados da cidade, encontrou seus amigos, alongou-se ao sol e lambeu os bigodes a cada vez que se lembrou do pote de banha. Quando anoiteceu, foi para casa.

– Até que enfim você chegou – o rato disse. – Espero que tenha se divertido bastante.

– Eu me diverti muito – o gato respondeu.

– E que nome você deu ao seu afilhado? – o rato quis saber.

– Muito Cheio – o gato retrucou secamente.

– Muito Cheio! – o rato exclamou. – Que nome diferente e maravilhoso! É comum na sua família?

– Ora, não é pior do que Pega-Migalhas, como o seu afilhado – o gato disse.

Pouco tempo depois o gato sentiu novo desejo.

– Mais uma vez lhe peço um favor – ele começou dizendo ao rato. – Preciso que cuide da casa sozinho por mais um dia. Fui novamente convidado para ser padrinho, e como o pequenino tem um anel branco em torno do pescoço, não posso recusar o convite.

Então o rato bondoso consentiu, e o gato subiu na muralha da cidade, dirigindo-se até a igreja. Chegando lá, foi direto ao pote de banha e devorou metade dela.

– Nada tem sabor melhor do que aquilo que guardamos só para nós – ele ponderou, contente com o trabalho do dia. Quando chegou em casa, o rato perguntou que nome tinha dado ao afilhado.

– Meio Cheio – o gato respondeu.

– Meio Cheio! – o gato exclamou. – Nunca tinha ouvido esse nome na vida.

Logo depois o gato começou a salivar novamente pela banha.

– As coisas boas sempre vêm em três – ele disse ao rato. – Fui convidado mais uma vez para ser padrinho. O pequenino é preto com patinhas brancas e não tem um único pelo branco no resto do corpo. Esse tipo de coisa não acontece todo dia. Você vai me deixar ir, não vai?

– Muito Cheio, Meio Cheio – o rato murmurou. – Que nomes curiosos!

– Você pensa assim porque está sempre em casa – disse o gato –, com seu manto cinzento e seu rabo peludo. Você não vê nada do mundo e fica caraminholando.

Então o rato limpou a casa e deixou tudo em ordem. Enquanto isso, o gato guloso saiu e acabou com o pote de banha.

– Agora que não sobrou mais nada, minha mente sossegará – ele avaliou. Voltou para casa à noite, satisfeito. Assim que entrou, o rato lhe perguntou o nome do terceiro afilhado.

– Você também não vai gostar deste – o gato respondeu. – Ele se chama Vazio.

– Vazio! – exclamou o rato. – Que nome diferente! Nunca ouvi nada parecido. Vazio! Como assim? – sacudindo a cabeça, ele se enroscou e adormeceu.

Depois disso o gato não foi mais convidado para ser padrinho.

Quando o inverno chegou e não havia mais nada para comer lá fora, o rato começou a pensar no que tinham guardado na igreja.

– Venha, gato – ele chamou. – Vamos pegar nosso pote de banha. – Deve estar uma gostosura!

– É claro que sim – o gato concordou. – Tão gostoso quanto pôr a língua para fora da janela!

Então eles partiram. Quando chegaram ao local, encontraram o pote vazio.

– Oh! Agora eu entendo! – o rato exclamou. – Agora vejo que espécie de parceiro você é. Você não foi padrinho de ninguém, comeu a banha sozinho. Primeiro Muito Cheio, depois Meio Cheio, e então...

– Cale-se! – o gato gritou. – Mais uma palavra e o devoro também.

E o pobre rato, que já estava com "Vazio" na ponta da língua, deixou a palavra escapar. O gato pulou em cima dele e engoliu-o. Assim é o mundo.

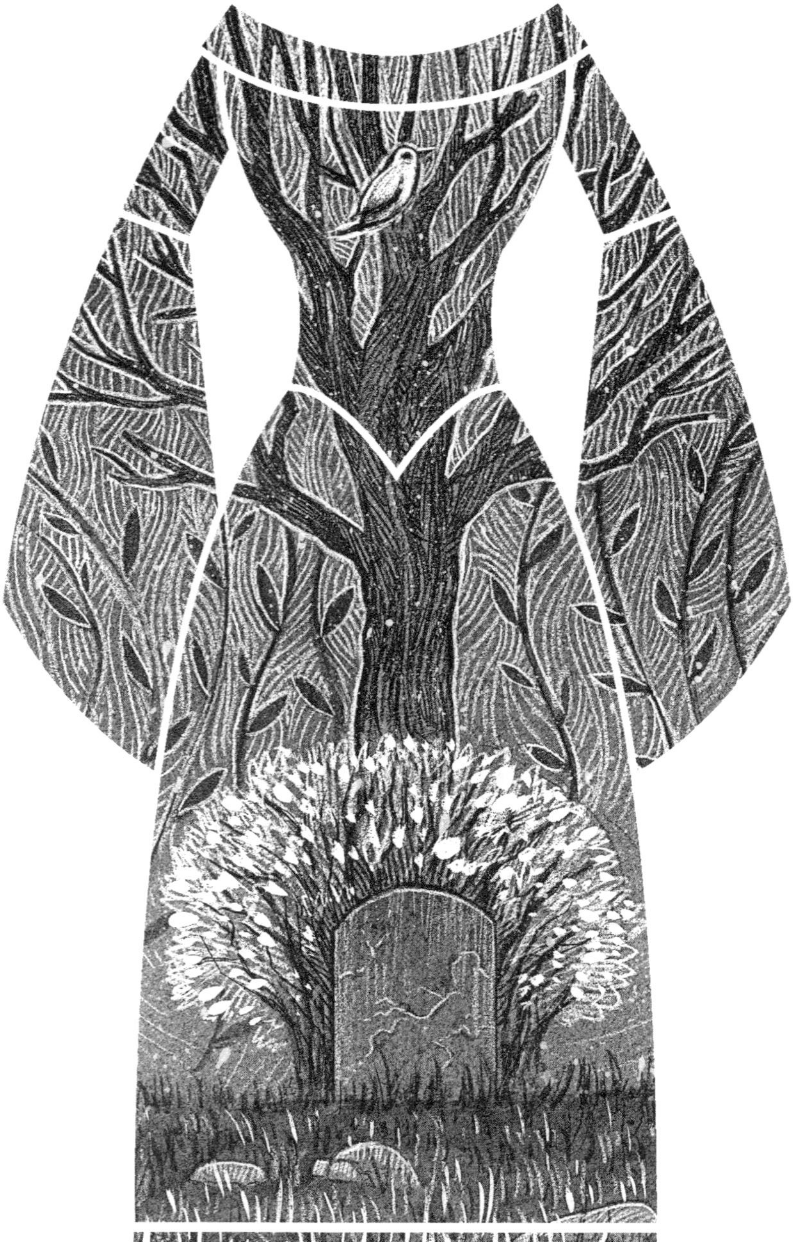

CINDERELA

Era uma vez um homem cuja esposa estava muito doente. Quando ela sentiu que seu fim de aproximava, chamou sua única filha e lhe disse:

– Filha querida, sê boa e piedosa que Deus cuidará de ti. Eu também olharei por ti lá do céu e estarei sempre contigo.

E então ela fechou os olhos e morreu. A menina ia todos os dias visitar o túmulo da mãe e chorar sua morte e foi sempre boa e piedosa. Quando o inverno chegou, a neve cobriu o túmulo com um manto branco, e no início da primavera o sol derreteu-a e o homem se casou de novo. A nova esposa trouxe com ela duas filhas, e elas eram lindas por fora mas feias por dentro. E assim começou uma época difícil para a pobre órfã. As irmãs lhe tiraram seus lindos vestidos e fizeram-na usar um avental cinzento e velho, além de um tamanco de madeira.

– Vejam agora como ficou bonita a orgulhosa princesa – elas exclamaram, rindo, antes de mandá-la para a cozinha. Ali ela foi obrigada a fazer trabalhos pesados de manhã até a noite, acordar cedo, pegar água, acender o fogo, cozinhar e lavar. Além disso, as irmãs faziam de tudo para atormentá-la. Zombavam dela, espalhavam ervilhas e lentilhas entre as cinzas do fogão e obrigavam-na a recolhê-las uma a uma. À noite, quando estava cansada do trabalho árduo do dia, tinha de dormir em cima das mesmas cinzas. Por isso estava sempre suja e empoeirada e foi apelidada de Cinderela.

Um dia em que o pai ia à feira, perguntou às suas enteadas o que elas gostariam de ganhar. – Roupas finas – disse uma.

– Pérolas e joias – disse a outra.

– E você, Cinderela? – ele perguntou.

– O primeiro galho que bater em seu chapéu no caminho de volta. Isso é o que gostaria que me trouxesse.

Assim ele comprou roupas finas, pérolas e joias para as enteadas. No caminho de volta o galho de uma aveleira bateu em seu chapéu, e ele quebrou-o e levou-o embora. Quando chegou em casa, deu os presentes das enteadas e entregou o galho a Cinderela. Ela lhe agradeceu e foi até o túmulo da mãe, onde plantou o galho, que regou com suas lágrimas amargas. Com o tempo o galho floresceu e se transformou em uma bela árvore. Cinderela ia vê-la três vezes ao dia, e lá chorava e rezava. A cada vez um passarinho branco saía da árvore e lhe trazia qualquer coisa que ela por acaso dissesse desejar.

Um dia o rei ordenou a realização de uma festa que duraria três dias, à qual deveriam comparecer todas as jovens bonitas do reino, pois entre elas seu filho escolheria uma noiva. Quando as duas irmãs souberam que também tinham sido convidadas, alegraram-se e chamaram Cinderela.

– Penteie nosso cabelo, lustre nossos sapatos e feche nossos vestidos, pois iremos à festa no castelo do rei.

Ao ouvir aquilo, Cinderela não conseguiu reprimir o choro, pois ela também gostaria de ir ao baile. Por isso implorou à madrasta que a deixasse ir.

– Você, Cinderela? Quer ir à festa toda suja e empoeirada? Não tem roupas nem sapatos, mas quer dançar!

Como Cinderela insistiu muito, a madrasta disse:

– Derramei um prato de lentilhas nas cinzas do fogão. Se você recolher todas elas em duas horas, poderá ir conosco.

Cinderela foi até a porta dos fundos, que dava para o jardim, e chamou:

Ó pombinhas, pombinhas amigas,
E todos os passarinhos do céu,
Peguem as lentilhas nas cinzas
Afastem de mim este fel.
As boas vão para o prato,
As más para o beleléu.

Duas pombinhas brancas vieram até a janela da cozinha. A seguir, uma multidão de passarinhos, piando e batendo as asas, pousou nas cinzas. As pombinhas assentiram com a cabeça e começaram a pegar as lentilhas e colocá-las em um prato, no que foram seguidas pelas outras aves. Em menos de uma hora o serviço ficou pronto e elas foram embora. Então Cinderela levou o prato para a madrasta. Estava feliz e achava que agora poderia ir à festa, mas a madrasta lhe disse:

– Não, Cinderela, você não tem roupas apropriadas e não sabe dançar. Vão rir de você.

Quando, desapontada, Cinderela começou a chorar, ela acrescentou:

– Se você recolher das cinzas dois pratos de lentilhas, poderá ir conosco.

"Por que isso não é possível", ela pensou.

Assim que a madrasta espalhou dois pratos de lentilhas nas cinzas, Cinderela foi até a porta dos fundos, que dava para o jardim, e chamou:

Ó pombinhas, pombinhas amigas,
E todos os passarinhos do céu,
Peguem as lentilhas nas cinzas
Afastem de mim este fel.
As boas vão para o prato,
As más para o beleléu.

Duas pombinhas brancas vieram até a janela da cozinha. A seguir, uma multidão de passarinhos, piando e batendo as asas, pousou nas cinzas. As pombinhas assentiram com a cabeça e começaram pegar as lentilhas e colocá-las em um prato, no que foram seguidas pelas outras aves. Em menos de meia hora o serviço ficou pronto e elas foram embora. Então Cinderela levou o prato para a madrasta. Estava feliz e achava que agora poderia ir à festa, mas a madrasta disse:

– Você não pode ir à festa porque não tem roupas adequadas e não sabe dançar. Vai nos envergonhar.

A madrasta virou-lhe as costas e apressou-se em sair com as duas filhas orgulhosas. Como não havia mais ninguém em casa, Cinderela foi ao túmulo da mãe e chorou debaixo da aveleira:

Aveleira, aveleira, doce amiga do jardim,
Sacode os galhos com ouro e prata sobre mim.

E então o passarinho branco sacudiu a árvore e dela caiu um vestido de ouro e prata, além de um par de sapatinhos de seda bordados. Rapidamente ela se arrumou para ir à festa.

Cinderela estava tão linda em seu vestido dourado que a madrasta e as irmãs não a reconheceram, pensando tratar-se de uma princesa estrangeira. O filho do rei veio até ela, pegou-a pela mão e levou-a para dançar. O príncipe não quis dançar com mais ninguém. E quando algum outro rapaz vinha convidá-la, ele respondia:

– Ela é o meu par.

Quando o sol se pôs, Cinderela quis ir embora, mas o príncipe disse que iria junto, pois queria ver onde ela morava. Quando já se aproximavam da casa, a jovem escapou dele pulando para dentro de uma casa de passarinhos. O príncipe esperou até que o pai dela chegasse e contou-lhe o que havia acontecido. O pai pensou com seus botões que não podia ser Cinderela e pediu machados e machadinhas para colocar abaixo a casa de passarinhos, mas não havia ninguém lá dentro. Quando entraram na casa, lá estava Cinderela vestida com suas roupas sujas, sentada no meio das cinzas. Um pequeno lampião emitia uma luzinha fraca.

Cinderela tinha sido muito rápida e correra até a aveleira. Lá ela tirara o vestido dourado e pousara-o no túmulo da mãe, e o passarinho branco levara-o embora. Depois ela colocou o avental cinzento e voltou para as cinzas da cozinha.

No dia seguinte, quando a festa recomeçou e os pais e as irmãs já tinham saído, Cinderela foi até a aveleira e disse:

Aveleira, aveleira, doce amiga do jardim,
Sacode os galhos com ouro e prata sobre mim.

E então o passarinho branco providenciou um vestido ainda mais esplêndido que o anterior. E quando Cinderela apareceu entre os convidados, todos se espantaram com sua beleza. O príncipe a estava esperando. Pegou-a pela mão e não dançou com mais ninguém. E a todos que vinham tirá-la para dançar ele dizia:

– Ela é o meu par.

Quando o sol se pôs, Cinderela quis ir embora, mas o príncipe disse que iria junto, pois queria ver onde ela morava. Mas Cinderela escapou e correu para o jardim dos fundos da sua casa. Lá havia uma grande árvore repleta de peras esplêndidas. Cinderela escalou os galhos como um esquilo, e o príncipe perdeu-a de vista. Então ele esperou pelo pai, e, quando este chegou, disse-lhe que a estranha moça tinha fugido e provavelmente subira na árvore. O pai pensou com seus botões que não podia ser Cinderela e pediu machados e machadinhas para derrubar a árvore, mas não havia ninguém lá.

Quando entraram na cozinha, como sempre lá estava Cinderela, sentada entre as cinzas, pois ela havia saído pelo outro lado da árvore e devolvido as roupas para o passarinho branco da aveleira.

No terceiro dia, quando os pais e as irmãs saíram, ela voltou ao túmulo da mãe e disse à árvore:

Aveleira, aveleira, doce amiga do jardim,
Sacode os galhos com ouro e prata sobre mim.

Então o passarinho fez surgir um vestido de inigualável esplendor e brilho, além de um par de sapatinhos de ouro. E quando Cinderela apareceu na festa, todos ficaram mudos de espanto. O príncipe dançou apenas com ela, e quando algum rapaz vinha tirá-la para dançar, ele dizia:

– Ela é o meu par.

Quando o sol se pôs e o príncipe se preparava para acompanhá-la até em casa, ela passou por ele correndo. Mas o rapaz tinha preparado um plano: cobrira todos os degraus com piche. E foi assim que o sapatinho esquerdo ficou preso. O príncipe pegou-o e viu que era de ouro e bem pequenininho.

Na manhã seguinte, ele foi até o pai de Cinderela e disse-lhe que a dona daquele sapatinho seria a sua esposa. As duas irmãs ficaram muito felizes, pois elas tinham pés bonitos. A mais velha foi para o quarto experimentar o sapato, e sua mãe permaneceu a seu lado. Mas a moça não conseguia enfiar o dedão, pois o sapato era muito pequeno. A mãe deu-lhe uma faca e disse:

– Corte fora esse dedão, pois, quando você for rainha, não vai mais andar a pé.

A moça cortou fora o dedão, espremeu o pé no sapato, fez de conta que não estava doendo e foi até o príncipe. Ele tomou-a como noiva e levou-a em seu cavalo. Quando passavam pelo túmulo, as duas pombinhas empoleiradas na aveleira disseram:

Lá vão eles, lá vão eles
É sangue no sapato? É.
O sapato é pequeno demais,
A noiva certa ela não é.

O príncipe olhou para o sapato e viu o sangue. Dando meia-volta, levou a falsa noiva para casa. Lá, disse-lhes que aquela era a noiva errada e que a outra irmã deveria provar o sapato. A mais nova foi para o quarto e conseguiu enfiar o dedão sem problemas, mas o calcanhar ficou de fora. A mãe deu-lhe uma faca e disse:

– Corte fora esse calcanhar, pois, quando você for rainha, não vai mais andar a pé.

A moça cortou fora um pedaço do calcanhar, espremeu o pé no sapato, fez de conta que não estava doendo e foi até o príncipe. Ele tomou-a como noiva e levou-a em seu cavalo. Quando passavam pelo túmulo, as duas pombinhas empoleiradas na aveleira disseram:

Lá vão eles, lá vão eles
É sangue no sapato? É.
O sapato é pequeno demais,
A noiva certa ela não é.

O príncipe olhou para baixo e viu o sangue escorrendo pelo sapato e manchando a meia branca. Dando meia-volta, levou a falsa noiva para casa.

– Esta não é a certa – ele disse. – O senhor tem outra filha?

– Não – o homem respondeu. – Mas minha falecida esposa me deixou a pequena Cinderela. É impossível que seja ela.

O filho do rei ordenou que a fossem buscar, mas a madrasta disse:

– Oh, não! Ela está muito suja. Não pode vê-la.

Mas ele não iria desistir, e Cinderela decidiu aparecer. Primeiro ela lavou o rosto e as mãos. Depois foi até o príncipe e fez-lhe uma mesura. Ele lhe entregou o sapatinho de ouro. Então Cinderela se sentou em um banquinho, tirou o pé dos pesados tamancos de madeira e colocou-o no sapato. Ficou perfeito! Quando ela se levantou, o príncipe mirou-a nos olhos e viu novamente a linda moça com quem havia dançado.

– Esta é a noiva certa! – ele exclamou.

A madrasta e as irmãs ficaram perplexas e roxas de raiva.

O príncipe colocou Cinderela em seu cavalo e partiu. Quando passaram pela aveleira, as duas pombinhas lá empoleiradas disseram:

Lá vão eles, lá vão eles!
Não há sangue no pé.
O tamanho está correto
A noiva certa ela é.

E então as pombinhas voaram e pousaram nos ombros de Cinderela; uma no direito, outra no esquerdo. No dia do casamento, as irmãs apareceram na esperança de cair nas graças de Cinderela e poder participar das festividades. Quando a noiva entrou na igreja, a mais velha se colocou do lado direito e a mais nova do lado esquerdo, e assim as pombinhas bicaram um olho de cada uma delas. Na saída, a mais velha estava à esquerda e a mais nova à direita. E as pombinhas bicaram o outro olho de cada uma delas. Por causa de sua maldade e falsidade, foram condenadas a viver cegas pelo resto de seus dias.

AS TRÊS FIANDEIRAS

Era uma vez uma menina preguiçosa que não queria fiar. Sua mãe não conseguia persuadi-la de modo nenhum. Por fim a mãe perdeu a paciência e, nervosa, deu-lhe uma surra tão grande que fez a menina chorar alto. Bem naquele momento vinha passando a rainha. Quando ouviu o choro, ela parou, entrou na casa e perguntou à mãe por que ela estava batendo na filha daquele jeito, pois todos na rua podiam ouvir os gritos.

A mulher teve vergonha de contar que o motivo era a preguiça da filha, preferindo dizer:

– Ela não para de fiar. Não faz outra coisa, mas eu sou pobre e não posso comprar linho suficiente.

Ao que a rainha respondeu:

– Eu adoro o som da roca e do fuso e fico sempre feliz quando posso ouvi-lo. Deixe-me levar sua filha comigo para o castelo, onde o linho é abundante. Lá ela poderá fiar à vontade.

A mãe ficou muito feliz com a oferta, e a rainha levou a menina embora.

Quando chegaram ao castelo, a rainha mostrou-lhe três quartos abarrotados do mais puro linho.

– Agora você pode fiar este linho – a rainha disse. – Quando tiver terminado, poderá se casar com meu filho mais velho. Você é pobre, mas isso não me importa. Seu trabalho árduo me basta como dote.

A menina ficou aterrorizada por dentro, pois não conseguiria fiar tanto linho nem que passasse cem anos fiando todo santo dia de manhã até a noite. Quando se viu sozinha, começou a chorar e, durante três dias, não fiou nada. No terceiro dia a rainha apareceu. Quando viu que nada tinha sido feito, mostrou-se muito surpresa. A menina explicou que não tinha conseguido começar por causa da tristeza que sentia por ter deixado a casa da mãe. A explicação satisfez à rainha, que no entanto ordenou:

– Amanhã você deve começar o trabalho.

Quando a menina se viu só novamente, não conseguia pensar no que fazer e ficou olhando pela janela. Dali ela viu três mulheres passando. A primeira tinha pés grandes e chatos, a segunda tinha um grande lábio inferior, desses que caem sobre o queixo, e a terceira tinha um dedão notavelmente largo. Todas pararam na frente da janela e perguntaram o que a menina queria. Ela lhes contou o problema e as mulheres prometeram ajudar.

– Depois você vai nos convidar para o casamento e não sentirá vergonha de nós. E vai nos chamar de primas e nos deixar sentar à sua mesa. Se prometer isso, fiaremos todo esse linho rapidamente.

– Eu prometo do fundo do meu coração – a menina respondeu. – Entrem e comecem já.

As mulheres entraram. A menina arrumou um espaço no primeiro quarto para que as mulheres se sentassem e começassem a fiar. A primeira esticava o linho e movimentava o pedal que acionava a roda, a segunda umedecia os fios, e a terceira torcia e batia com o dedo na mesa, e a cada pancada um monte de linho caía no chão, lindamente fiado. A menina escondia as fiandeiras da rainha, mostrando-lhe apenas, sempre que ela aparecia, pilhas de fios bem tecidos. Os elogios eram infindáveis. Quando o primeiro quarto ficou vazio, passaram para o segundo e depois para o terceiro, até dar cabo de todo o linho. Então as mulheres foram embora, mas antes disseram à menina:

– Não se esqueça do que prometeu e tudo sairá bem para você.

Quando a menina mostrou à rainha os quartos vazios e as grandes pilhas de fios tecidos, o casamento foi arranjado. O príncipe se alegrou de ter uma mulher tão esperta e diligente e não se cansava de enaltecê-la.

– Eu tenho três primas – a menina disse. – Como sempre foram muito boas para mim, não quero esquecê-las agora que a sorte me sorriu. Posso convidá-las para a cerimônia de casamento e fazê-las sentar à minha mesa?

A rainha e o príncipe responderam juntos:

– Mas é claro que sim!

Quando a festa começou e as três fiandeiras de aparência estranha chegaram, a noiva disse:

– Queridas primas, sejam bem-vindas.

– Oh! – o noivo exclamou. – Que parentes mais feias você tem!

Ele se aproximou da primeira fiandeira e lhe perguntou:

– Como você ficou com esse pé tão largo e chato?

– Pedalando – ela respondeu –, pedalando.

Então ele se aproximou da segunda e perguntou:

– Como conseguiu esse lábio caído?

– Lambendo – ela respondeu –, lambendo.

Por fim ele perguntou à terceira:

– Como conseguiu esse dedo tão largo?

– Torcendo o fio – ela respondeu, torcendo o fio.

Então o príncipe decretou que daquele dia em diante sua linda noiva não voltaria a tocar na roca e no fuso, pois secretamente ele ficou com medo de que ela acabasse parecida com aquelas primas feias.

E foi assim que a moça escapou do cansativo trabalho de fiar o linho.

O GANSO DE OURO

Era uma vez um homem que tinha três filhos. O caçula se chamava Simplório, e o que mais lhe acontecia era ser desprezado, enganado e espezinhado. Certa vez, o filho mais velho foi para a floresta cortar lenha. Para que não passasse fome nem sede, a mãe tratou de dar-lhe um belo pão de ló e uma garrafa de vinho. Quando chegou à floresta, ele encontrou um homenzinho grisalho que lhe desejou um bom-dia e pediu:

– Tenho sede e fome. Dê-me um pedaço do pão de ló e um gole do vinho.

Mas o rapaz respondeu:

– Se eu lhe der minha comida e minha bebida, não sobrará nada para mim. Vá embora!

Ele deixou o homem ali e seguiu o seu caminho. Quando começou a derrubar uma árvore, errou o golpe e o machado cortou-lhe o braço. Por isso ele teve de voltar para casa e fazer um curativo. Mas o golpe errado tinha sido desferido pelo homenzinho grisalho.

Então o segundo filho foi para a floresta e a mãe lhe deu, como tinha dado ao primeiro, um pão de ló e uma garrafa de vinho. Ele também encontrou o homenzinho grisalho, que lhe pediu de comer e de beber. Mas o segundo filho também respondeu:

– O que eu lhe der vai me faltar. Deixe-me em paz! – Largou o homenzinho ali e seguiu o seu caminho.

O castigo veio logo: quando deu alguns golpes no tronco da árvore, o moço acertou com o machado a própria perna e teve de ser carregado de volta para casa.

Aí Simplório disse:

– Pai, deixe que eu vá cortar lenha.

– Os seus irmãos já se machucaram nesse trabalho. Você não entende nada disso. Esqueça essa ideia – o pai respondeu.

Porém Simplório insistiu tanto que o pai acabou concordando:

– Então vá. Vai aprender na marra.

A mãe deu-lhe um bolo feito com água e assado nas cinzas, além de uma garrafa de cerveja choca. Quando Simplório chegou à floresta, também encontrou o homenzinho grisalho, que o cumprimentou e disse:

– Dê-me um pedaço do seu bolo e um gole da sua garrafa. Tenho muita fome e muita sede.

Simplório respondeu:

– É que eu só tenho bolo de farinha e água e cerveja choca. Mas, se estiver bom pra você, podemos sentar e comer.

Então eles se sentaram. Quando Simplório pegou o bolo, viu que ele se tornara um delicioso bolo de ovos e que a cerveja choca agora era um bom vinho. Comeram e beberam. Por fim, o homenzinho grisalho disse:

– Como você tem bom coração e reparte com os outros o que é seu, eu irei lhe trazer sorte. Está vendo aquela árvore? Derrube-a e encontrará uma coisa nas raízes.

E o homenzinho grisalho se despediu.

Simplório derrubou a árvore, e, quando ela caiu, ele viu entre as raízes um ganso com penas de ouro. Ele o tirou de lá e levou-o consigo para uma hospedaria, onde pretendia passar a noite.

O dono da hospedaria tinha três filhas, que, ao verem o ganso, ficaram curiosas para saber que ave era aquela e com muita vontade de possuir uma das suas penas de ouro. A mais velha pensou: "Assim que aparecer uma oportunidade, arranco uma pena". Quando Simplório se afastou um pouco, ela agarrou o ganso pela asa, mas seus dedos ficaram grudados ali. Logo chegou a segunda irmã com a mesma ideia de pegar uma pena de ouro para si. Porém, nem bem ela tocou na irmã, também ficou presa. Por fim chegou também a terceira, com a mesma intenção. Mas as outras duas gritaram:

– Fique longe, pelo amor de Deus, fique longe.

Mas ela não entendeu por que não podia chegar perto e pensou: "Se as duas podem, eu também posso". E correu para junto delas. Mas assim que tocou as irmãs, ela ficou presa. E assim elas passaram a noite.

Na manhã seguinte, Simplório enfiou o ganso debaixo do braço e saiu andando, sem perceber as três moças. Elas tinham de ficar correndo atrás do rapaz para onde quer que as pernas dele fossem. No meio dos campos, encontraram-se com o vigário, que, ao ver aquela procissão, disse:

– Que vergonha, meninas, ficar correndo atrás de um homem!

E, dizendo isso, ele agarrou a mais nova pela mão, para puxá-la, mas assim que a tocou, também ele ficou grudado e teve de correr com as moças. Pouco depois, o sacristão deu com o respeitável vigário correndo atrás de três moças.

– Ei, Reverendíssimo, para onde vai tão apressado? Esqueceu que temos um batizado hoje? – o sacristão disse, segurando o vigário pela batina. Tão logo tocou-o, ficou preso também.

Quando os cinco iam assim andando um atrás do outro, cruzaram com dois camponeses que voltavam do trabalho. O vigário implorou-lhes que soltassem a ele e ao sacristão, mas nem bem tocaram no sacristão, ficaram colados. Agora eram sete que iam atrás de Simplório e do ganso.

Tanto andaram que chegaram a uma cidade onde reinava um rei cuja filha era tão séria que ninguém conseguia fazê-la rir. Por isso o rei fizera anunciar que aquele que conseguisse fazer a princesa rir poderia casar-se com ela. Quando Simplório soube disso, apresentou-se à moça com seu ganso e seu séquito de seguidores, e quando ela viu aquelas sete pessoas correndo uma atrás da outra, caiu na gargalhada. Desse modo Simplório ganhou o direito de se casar com ela, mas o rei não gostou daquele genro e impôs toda sorte de objeções, ordenando a Simplório que lhe trouxesse um homem capaz de beber uma adega inteira de vinho.

Simplório lembrou que o homenzinho grisalho poderia ajudá-lo e foi para a floresta. Lá, bem no lugar onde derrubara a árvore, ele viu um homem sentado, com uma expressão muito triste. Simplório perguntou o que havia acontecido e ele respondeu:

– Tenho uma sede muito grande e não consigo matá-la, pois não gosto de água. Já esvaziei um barril de vinho, mas de que serve uma gota dessas?

– Eu posso ajudá-lo – disse Simplório. – Venha comigo e terá bebida suficiente.

Então ele levou o homem à adega do rei, e o homem se sentou diante dos grandes barris e bebeu. Bebeu tanto que antes do fim do dia tinha esvaziado a adega.

Simplório reclamou de novo a sua noiva, mas o rei estava contrariado de ver um sujeito chamado Simplório ficar com a sua filha e impôs outra condição: ele deveria apresentar-lhe um homem capaz de comer uma montanha de pão.

Simplório não pensou duas vezes e foi para a floresta. Lá, no mesmo lugar, estava sentado um homem com a barriga apertada em uma faixa. Tinha um ar infeliz e disse:

– Já comi todos os pãezinhos de uma padaria, mas de que serve isso quando se tem uma fome tão grande como a minha? Meu estômago está vazio e tenho de apertá-lo com uma faixa para não morrer de fome.

Simplório ficou muito contente e disse:

– Levante-se e venha comigo. Você terá comida suficiente.

E levou-o para a corte do rei, que mandara juntar toda a farinha do reino e assar uma enorme montanha de pão. O homem da floresta sentou-se diante dela e começou a comer. Em um só dia ele deu cabo da montanha inteira.

Simplório reclamou sua noiva pela terceira vez. Mas o rei arrumou mais uma desculpa e exigiu um navio que viajasse por água e por terra.

– Assim que você chegar velejando nele – disse o rei –, poderá se casar com minha filha.

Simplório foi direto para a floresta. Lá estava o homenzinho grisalho com quem compartilhara o bolo. Ele disse:

– Comi e bebi por você. Também lhe darei o navio. Tudo porque você foi bondoso comigo na primeira vez que me viu.

Então ele deu a Simplório o navio que viajava por água e por terra; quando o rei o viu, não pôde mais negar-lhe a filha. O casamento foi realizado imediatamente. Depois da morte do rei, Simplório herdou o reino e viveu por muito tempo feliz com sua esposa.

JOÃO FIEL

Era uma vez um velho rei que ficou doente e pensou: "Esta cama na qual agora me deito será provavelmente o meu leito de morte". E então disse:

– Vão buscar João Fiel.

João Fiel era o seu criado mais querido e tinha esse nome porque havia servido ao rei fielmente por toda a vida. Quando ele se aproximou de sua cama, o rei lhe disse:

– João Fiel, sinto que meu fim se aproxima e preocupo-me com meu filho. Ele ainda é jovem e nem sempre sabe como se comportar. A menos que você prometa que vai orientá-lo em todas as suas ações e vai ser para ele um verdadeiro pai, não conseguirei fechar meus olhos em paz.

– Eu o servirei fielmente nem que isso me custe a vida – João Fiel respondeu.

E então o velho rei disse:

– Nesse caso, morrerei em paz e feliz. Depois da minha morte, você deve conduzi-lo por todo o castelo, mostrando-lhe todos os aposentos, vestíbulos, os cofres e os tesouros que há neles. Mas você não deve mostrar a ele o último aposento da longa galeria, na qual se esconde a pintura da Princesa do Palácio Dourado. Se ele vir esse quadro, vai se apaixonar tão profundamente que desmaiará, e em seguida correrá grandes perigos por causa dela. Portanto, você deve protegê-lo.

Tão logo João Fiel fez sua promessa, o velho rei ficou quieto, deitou a cabeça no travesseiro e morreu. Quando o velho rei foi enterrado, João Fiel contou ao jovem príncipe, agora rei, o que tinha prometido ao pai dele em seu leito de morte.

– Manterei minha promessa e serei fiel a você como fui fiel a ele, ainda que isso me custe a vida.

Quando os dias de luto chegaram ao fim, João Fiel disse ao jovem rei:

– Chegou a hora de você conhecer sua herança. Vou lhe mostrar o castelo de seu pai.

E então ele o conduziu por todos os cantos, no andar de cima e no andar de baixo, e lhe mostrou todos os tesouros e os esplêndidos aposentos. Deixou de abriu um único aposento, aquele em que ficava a perigosa pintura. O quadro estava pendurado de tal maneira que era a primeira coisa que se via quando a porta se abria. Era tão bem pintado que a princesa parecia respirar e se mexer, e não havia nada mais bonito e adorável em todo o mundo. O jovem rei notou que João Fiel sempre passava reto por aquela porta e lhe perguntou:

– Por que você não abre esta porta?

– Porque existe ali dentro algo que iria aterrorizá-lo – ele respondeu.

Mas o rei lhe disse:

– Vi todo o castelo e vou ver o que há ali dentro. – E tentou abrir a porta à força.

– Eu prometi a seu pai, em seu leito de morte, que você não entraria nesse cômodo. Se eu quebrar minha promessa, um grande infortúnio irá se abater sobre nós.

Mas o jovem rei respondeu:

– Se eu não entrar ali, não terei sossego nem de dia nem de noite. Por isso não sairei daqui enquanto você não abrir a porta.

João Fiel não viu alternativa. Suspirando, com o coração pesado, pegou uma chave do molho. Abriu a porta e entrou primeiro, pois imaginou que, parado na frente do rei, conseguiria esconder a pintura. Porém o rei se ergueu na ponta dos pés e espiou por sobre os ombros de João Fiel. Quando viu a imagem da jovem tão linda, adornada com ouro e joias, caiu ao chão, indefeso. João Fiel ergueu-o, levou-o para a cama e, com tristeza, pensou: "O mal entrou. O que será de nós?". A seguir deu ao rei um pouco de vinho. Quando o jovem voltou a si, suas primeiras palavras foram:

– Que linda pintura! Quem é ela?

– Aquele é o retrato da Princesa do Palácio de Ouro – João Fiel respondeu.

E o rei disse:

– Meu amor por ela é tão grande que, se todas as folhas das árvores da floresta fossem línguas, não seriam capazes de expressá-lo! Ponho em risco a minha vida para tê-la, e você, João Fiel, deve me ajudar.

O fiel criado pensou demoradamente como a coisa poderia ser feita. Seria difícil até mesmo se aproximar da princesa. Por fim, pensou em uma maneira e explicou-a ao rei:

– Tudo à volta dela é de ouro. Mesas, cadeiras, pratos, taças e toda a mobília da casa. Você possui cinco toneladas de ouro. Faça com que os ourives do reino o transformem em todo tipo de potes e utensílios, em pássaros e criaturas selvagens, tudo que possa a ela agradar. Levaremos esses objetos conosco e vamos ver se damos sorte.

O rei chamou todos os ourives, e eles trabalharam dia e noite produzindo peças esplêndidas. Quando o navio foi carregado com elas, João Fiel e o rei se vestiram como mercadores para se disfarçar. Em seguida lançaram-se ao mar e viajaram tanto que afinal chegaram à cidade onde morava a Princesa do Palácio Dourado.

João Fiel disse ao rei que permanecesse no navio e esperasse por ele.

– Quem sabe eu trago a princesa até aqui. Mantenha tudo em ordem. Espalhe os vasos e todo o resto pelo navio. Que ele fique bem decorado.

Então ele colocou em seu avental algumas peças de ouro, uma de cada, desceu do navio e foi até o castelo real. Quando chegou ao pátio do castelo, viu uma bela moça ao lado do poço. Ela segurava dois baldes de ouro, com os quais pegava água. Ao se virar, viu o estranho e perguntou-lhe quem ele era. Ele respondeu:

– Sou um mercador – e mostrou-lhe as peças de ouro que tinha levado.

– Que lindas! – a jovem exclamou. Deixando os baldes de lado, ela começou a examinar uma a uma. – A princesa precisa ver isto. Ela gosta tanto de ouro que vai comprar tudo.

A jovem então pegou-o pela mão e mostrou-lhe o caminho, pois ela era a camareira. Quando a princesa viu os objetos de ouro, ficou muito satisfeita.

– Estas peças são tão bem trabalhadas que gostaria de comprá-las.

Mas João Fiel disse:

– Sou apenas o criado de um rico mercador, e o que trago aqui não é nada comparado ao que meu senhor tem no navio: os mais belos e caros objetos já feitos com ouro.

A princesa pediu que tudo fosse levado até ela, mas João Fiel respondeu:

– Isso levaria muitos dias. São tantos e ocupam tanto espaço que não caberiam em sua casa.

A curiosidade da princesa chegou ao ponto máximo.

– Leve-me até o navio. Vou verificar os tesouros do seu senhor.

João Fiel conduziu-a alegremente até o navio, e o rei, vendo que a beleza da jovem era ainda maior do que na pintura, sentiu o coração pular no peito. A princesa subiu no navio, e o rei a recebeu pessoalmente. João Fiel aproximou-se do timoneiro e deu ordens para que o navio zarpasse a toda a velocidade.

O rei mostrou à princesa todos os objetos de ouro, um de cada vez: os pratos, os pássaros, as criaturas selvagens... Muitas horas se passaram e, em sua alegria, a princesa não percebeu que estavam navegando.

Quando examinou a última peça, ela agradeceu ao mercador e se preparou para voltar para casa. Mas, ao se aproximar da amurada do navio, viu que estavam em alto-mar, longe de terra, velejando a toda a velocidade.

– Oh! – ela exclamou cheia de terror. – Fui enganada por este mercador. Preferiria morrer a ver-me debaixo de seu poder.

O rei pegou a sua mão e disse:

– Não sou mercador. Sou rei, tão bem nascido quanto a senhora. E se a levo embora desta maneira é por causa de meu amor arrebatador. Na primeira vez que vi seu retrato, caí desmaiado no chão.

Ao ouvir essas palavras, a Princesa do Palácio de Ouros se tranquilizou e seu coração se inclinou a considerar o rei de forma mais favorável. Assim, de bom grado consentiu em tornar-se sua esposa. Porém, enquanto ainda estavam em alto-mar, João Fiel, que tocava seu instrumento na proa do navio, avistou três corvos voando no céu. Ele interrompeu a música e prestou atenção ao que os pássaros diziam, pois tinha a capacidade de entendê-los. O primeiro disse:

– Lá vai a Princesa do Palácio de Ouro.

– Sim – respondeu o segundo –, mas ele ainda não a tem segura.

E o terceiro acrescentou:

– Mas ele a pegou. Ela está no navio dele.

A seguir o primeiro corvo voltou a falar:

– E de que isso irá lhe servir? Quando chegarem em terra, um cavalo passará por eles. O rei tentará montá-lo e, se conseguir, o cavalo o jogará no ar, de modo que ele nunca mais verá a noiva.

O segundo corvo perguntou:

– Não há como salvá-lo?

– Sim. Se outro homem montar o cavalo rapidamente, tirar a pistola do coldre e matar o animal, ele salvará o jovem rei. Mas quem sabe disso? E aquele que souber e o fizer irá se transformar em uma estátua de pedra.

E então o segundo corvo disse:

– Mas eu sei mais. Sei que nem mesmo com o cavalo morto o rei pode estar certo de manter a noiva. Quando eles chegarem ao castelo, encontrarão uma camisa estampada em um prato. Ela parecerá feita de ouro e prata, mas na verdade foi confeccionada com enxofre e piche. Se o rei a vestir, ela queimará até mesmo o tutano de seus ossos.

O terceiro corvo perguntou:

– Não há como salvá-lo?

– Sim – o segundo corvo respondeu. – Se outro homem pegar a camisa com luvas e a jogar no fogo, fazendo-a queimar até restarem apenas cinzas, o jovem rei será salvo. Mas quem sabe disso? E aquele que souber e o fizer irá se transformar em uma estátua de pedra.

E então o terceiro corvo disse:

– Mas eu sei mais. Sei que nem mesmo com a camisa destruída pelo fogo o rei pode estar certo de manter a noiva. Quando começar o baile de casamento e a jovem rainha for dançar, ela ficará repentinamente pálida e cairá no chão como se estivesse morta, e a menos que alguém a levante e pegue três gotas de sangue de seu seio direito, ela morrerá. Mas aquele que souber disso e o fizer irá se transformar em uma estátua de pedra.

E depois de dizerem todas essas coisas, os corvos foram embora. João Fiel entendera tudinho e por isso ficara quieto e triste, pois, se escondesse de seu senhor tudo o que escutara, o infortúnio iria se abater sobre eles. E, se tudo contasse, a própria vida dele seria sacrificada. Por fim, disse a si mesmo: "Salvarei meu senhor, mesmo que para isso eu morra".

Quando chegaram em terra, aconteceu o que os corvos haviam previsto. Lá veio correndo um esplêndido cavalo.

– Ora – disse o rei. – Ele vai me levar ao castelo. – Mas quando o jovem ia montar o animal, João Fiel passou na frente e subiu no cavalo rapidamente. Tirou a pistola do coldre e matou o animal. Como não gostavam de João Fiel, os outros criados do rei gritaram:

– Que vergonha matar o lindo cavalo que deveria levar o rei para o castelo!

Mas o rei disse:

– Segurem a língua e deixem-no em paz. Ele é João Fiel e sabe o que faz.

A seguir todos se encaminharam para o castelo. No vestíbulo havia um prato, e em cima dele uma camisa que parecia de ouro e prata. O jovem rei se aproximou e já ia vesti-la, quando João Fiel o empurrou, pegou a camisa com as mãos enluvadas e atirou-a rapidamente no fogo, deixando-a queimar por completo. Os outros criados começaram a reclamar outra vez:

– Vejam, ele está queimando a camisa do rei!

Mas este disse apenas:

– Quem pode dizer que não havia uma boa razão para isso? Deixem-no em paz. Ele é João Fiel e sabe o que faz.

A festa de casamento começou, e a noiva foi dançar. João Fiel observava-a cuidadosamente. De repente ela empalideceu e caiu no chão como se estivesse morta. Ele foi até ela rapidamente e levou-a para um aposento próximo, deitou-a, ajoelhou-se a seu lado e tirou três gotas de sangue de seu seio direito. Imediatamente a jovem voltou a respirar e se levantou. Mas o jovem rei observava tudo e, sem saber por que João Fiel agia daquela maneira, ficou muito zangado e gritou:

– Prendam-no!

Na manhã seguinte, João Fiel foi condenado à morte e levado à forca. Ali ele disse:

– Aquele que está prestes a morrer tem permissão para dizer uma última coisa, não é?

– Sim – o rei respondeu. – É um direito seu.

E então João Fiel disse:

– Fui condenado injustamente, pois sempre fui fiel. – E então ele contou o que escutara dos corvos durante a viagem de navio e como tinha feito tudo para salvar seu senhor.

Ao ouvir aquilo, o rei exclamou:

– Oh, João Fiel, perdoe-me. Perdoe-me! Libertem-no!

Mas João Fiel caiu sem vida e virou uma estátua de pedra.

O rei e a rainha ficaram muito tristes com o acontecido. Ele se lamentou:

– Como pude recompensar tão mal a fidelidade? – E, dizendo isso, fez com que a estátua fosse levada para seu quarto e colocada ao lado de sua cama. Toda vez que ele a via, chorava e dizia: – Ah, se eu pudesse trazê-lo de volta à vida, João Fiel.

Depois de algum tempo, a rainha deu à luz dois lindos meninos gêmeos que cresceram saudáveis e eram a alegria dos pais. Certo dia, quando a rainha estava na igreja e os dois meninos brincavam no quarto com o pai, este olhou para a estátua cheio de tristeza, suspirou e disse:

– Se eu pudesse fazê-lo viver novamente, João Fiel!

E então a estátua começou a falar.

– O senhor não pode me trazer à vida a menos que sacrifique aquilo que mais ama.

O rei respondeu:

– Por você eu daria tudo o que tenho na vida.

A estátua prosseguiu:

– Se o senhor cortar a cabeça de seus filhos com as próprias mãos e besuntar-me com o sangue deles, eu viverei novamente.

O rei ficou horrorizado com a sugestão de matar seus adorados filhos, mas lembrou-se da lealdade de João Fiel e de como tinha morrido por ele. Por isso pegou a espada e cortou a cabeça dos filhos. Quando toda a estátua foi coberta com o sangue dos meninos, João Fiel voltou à vida.

– Sua lealdade será recompensada – João Fiel disse ao rei antes de pegar a cabeça dos meninos, colocá-las sobre cada corpo e besuntar a ferida com o sangue deles. Em poucos minutos os meninos estavam correndo e pulando como se nada tivesse acontecido.

O rei muito se alegrou. Quando viu a rainha se aproximando, ele pôs João Fiel e os filhos em um grande baú. Quando a mulher entrou, ele lhe perguntou:

– Você rezou na igreja?

– Sim – ela respondeu. – Mas pensei o tempo todo em João Fiel e em como ele sofreu por nossa causa.

– Querida esposa, nós podemos lhe devolver a vida, mas isso custará a vida de nossos filhos, que devem ser sacrificados.

A rainha ficou pálida e sentiu um peso no coração, mas disse:

– Nós devemos isso a ele, que nos foi totalmente fiel.

O rei se alegrou, pois a mulher pensava como ele. Abrindo o baú, tirou de lá os filhos e João Fiel. Depois disse:

– Deus seja louvado, pois João Fiel e nossos filhos estão vivos. E então o rei contou à rainha tudo o que havia se passado.

E todos viveram juntos e felizes.

A COBRA BRANCA

Há muito tempo existiu um rei cuja sabedoria era famosa em todo o país. Tudo ele sabia, e era como se o conhecimento das coisas ocultas lhe fosse trazido pelo ar. Ele tinha um costume estranho, porém. Todos os dias, no jantar, após a mesa ter sido retirada e todos os comensais terem saído, o rei fazia um criado de confiança trazer-lhe mais uma travessa. Esta vinha tampada, e nem o criado sabia o que havia nela. Na verdade, ninguém sabia, pois o rei esperava estar só para destampá-la.

Isso já acontecia havia muito tempo, mas chegou o dia em que o criado não conseguiu mais conter a curiosidade e levou a travessa para o próprio quarto. Depois de fechar a porta cuidadosamente, ele levantou a tampa e descobriu que lá dentro havia uma cobra branca. Ao vê-la, o criado não conseguiu resistir à tentação de prová-la: cortou um pedaço e levou-o à boca. Tão logo o pedaço de cobra tocou-lhe a língua, ele ouviu diante da janela um estranho coro de vozes delicadas. O criado foi escutar e percebeu que eram os pardais conversando entre eles e contando tudo o que tinham visto e ouvido no campo e na floresta. A cobra lhe dera a capacidade de entender a língua dos animais.

Certo dia, o mais belo anel da rainha desapareceu, e a suspeita do roubo recaiu sobre o criado de confiança, pois era ele que cuidava de tudo. O rei mandou chamá-lo, repreendeu-o e disse-lhe que, se até o dia seguinte não indicasse o nome do ladrão, ele seria considerado culpado e depois punido. De nada adiantou o criado afirmar que era inocente. Angustiado, ele se dirigiu ao pátio e ficou pensando no que poderia fazer naquela situação. Lá estavam os patos, descansando na água, alisando as penas e conversando. O criado parou para escutar. Eles contavam por onde tinham andado na manhã anterior e o que tinham comido. Então um deles disse, consternado:

– Algo pesa no meu bucho. É o anel que estava embaixo da janela da rainha. Eu o engoli depressa demais.

Então o criado agarrou o pato pelo pescoço, levou-o para a cozinha e disse à cozinheira:

– Mate-o, pois já está bom para ir à panela.

– Com certeza – disse a cozinheira pesando a ave com as mãos. – Este aqui está pronto há tempos.

Então ela lhe cortou o pescoço. Quando abriu sua barriga, lá estava o anel da rainha. Assim o criado pôde provar sua inocência. E o rei, para recompensá-lo pela injustiça, permitiu que pedisse uma recompensa e prometeu-lhe um lugar de honra na corte.

No entanto, o criado recusou todas as ofertas e pediu apenas um cavalo e dinheiro para a viagem, pois tinha vontade de conhecer o mundo. O pedido foi atendido, e ele se pôs a caminho. Um dia ele passou por um lago no qual três peixes, presos nos juncos, debatiam-se por água. Embora os peixes sejam considerados mudos, o homem ouviu seus lamentos. Como tinha compaixão, desceu do cavalo, soltou os peixes e devolveu-os à água. Os bichinhos nadaram para lá e para cá alegremente, puseram a cabeça para fora e disseram:

– Nós nos lembraremos de você e o recompensaremos por ter nos libertado.

O rapaz seguiu adiante e, pouco depois, ouviu uma voz na areia, debaixo das patas do cavalo. Ele parou para escutar e ouviu a rainha das formigas reclamando:

– Se ao menos os homens e suas bestas desajeitadas nos deixassem em paz! Esse cavalo estúpido esmagou meu povo com seus cascos duros.

O homem desviou o cavalo para o lado, e a rainha das formigas lhe disse:

– Nós nos lembraremos de você e o recompensaremos.

Seguindo por uma floresta, o rapaz viu um casal de corvos arrancando os filhotes do ninho:

– Fora, seus inúteis! – eles gritavam. – Não podemos mais alimentá-los. Vocês já estão bem crescidos e podem se virar sozinhos.

Os pobres filhotes, caídos no chão, esperneavam, batiam as asas e gritavam:

– Pobres de nós, não sabemos nos virar sozinhos. Não sabemos nem voar. Só nos resta morrer de fome.

Então o bondoso rapaz apeou, matou o cavalo com o seu punhal e deixou-o como alimento para os filhotinhos. Estes se aproximaram, mataram a fome e disseram:

– Nós nos lembraremos de você e o recompensaremos.

Agora ele teria de usar as próprias pernas. Depois de caminhar muito tempo, chegou a uma cidade grande, onde havia muito barulho e muita gente nas ruas. De repente surgiu um homem a cavalo que anunciou:

– A filha do rei procura um marido, mas aquele que desejar desposá-la deverá realizar uma tarefa difícil. Porém, se tentar e não conseguir, perderá a vida.

Muitos já haviam tentado, mas tinham morrido. Quando o rapaz viu a princesa, ficou tão deslumbrado com sua imensa beleza que se esqueceu de todo o perigo. Foi até o rei e se declarou pretendente.

Ele foi levado à praia e, diante dos seus olhos, um anel de ouro foi atirado na água. Então o rei lhe ordenou que fosse buscar o anel no fundo do mar, dizendo ainda:

– Se você voltar sem ele, será jogado no mar de novo e lá deixado até se afogar.

Todos ficaram com pena do rapaz, mas foram embora e o deixaram sozinho. Enquanto o jovem ficou ali parado, pensando no que fazer, três peixes se aproximaram nadando, os mesmos três que ele havia libertado. O do meio trazia uma concha na boca, que deixou na areia, aos pés do rapaz. Lá estava o anel de ouro. Cheio de alegria, ele levou o anel ao rei e esperou a recompensa prometida. Mas a princesa, orgulhosa de sua posição social, desprezou-o e exigiu que ele realizasse outra tarefa. Ela foi até o jardim e espalhou na grama dez sacos de grãos de milho.

– Quando o sol nascer, amanhã, você deverá ter recolhido tudo isso – ela disse. – E não poderá faltar nem um único grão.

O jovem sentou no jardim e ficou pensando como seria possível cumprir a tarefa, mas não conseguiu chegar a nenhuma conclusão. Permaneceu sentado, muito triste, esperando a morte quando amanhecesse. Porém, quando os primeiros raios de sol caíram no jardim, ele viu que os dez sacos estavam cheios, um ao lado do outro, e que nem um grão ficara de fora. A rainha das formigas viera no meio da noite com suas milhares de operárias, e estas, agradecidas, tinham diligentemente recolhido todos os grãos de milho, colocando-os nos sacos.

A filha do rei fez questão de ir ao jardim e espantou-se de ver que o rapaz tinha cumprido a tarefa de que fora incumbido. Mas nem aquilo amoleceu seu coração orgulhoso. Ela disse:

– Embora ele tenha cumprido as tarefas, não poderá ser meu marido se não me trouxer uma maçã da árvore da vida.

O rapaz não sabia onde encontrar a árvore da vida, mas levantou-se e dispôs-se a caminhar tanto quanto suas pernas aguentassem, mesmo sem esperança de achá-la. Depois de atravessar três reinos, certa noite chegou a uma floresta, e ali sentou debaixo de uma árvore para dormir. Então ouviu um farfalhar entre os galhos, e uma maçã dourada caiu-lhe nas mãos. Imediatamente, três corvos vieram voando, pousaram em seu joelho e disseram:

– Somos os três filhotes que você salvou da fome. Quando crescemos e soubemos que você procurava a maçã dourada, voamos por cima do mar até o fim do mundo, que é onde fica a árvore da vida, e a trouxemos para você.

Cheio de alegria, o jovem voltou para casa e entregou a maçã para a linda filha do rei, a quem não restava mais nenhuma desculpa.

Assim eles repartiram a maçã da vida e a comeram juntos. E o coração dos dois se encheu de amor, e eles viveram felizes até a velhice.

A BELA ADORMECIDA

Era uma vez um rei e uma rainha que diziam todos os dias de sua vida:

– Ah, se tivéssemos um filho! – Mas eles não tinham nenhum. Então um dia, quando a rainha tomava banho, apareceu um sapo que lhe disse:

– Seu desejo será satisfeito. Antes que passe um ano a senhora dará à luz uma filha.

A previsão do sapo se confirmou. A rainha deu à luz uma menina tão linda que o rei não cabia em si de tanta alegria e mandou dar uma grande festa. Ele convidou a família, os amigos e os conhecidos, mas também as sábias, para que fossem boas com a criança. Havia treze sábias no reino, mas como ele providenciara apenas doze pratos de ouro, uma delas ficou de fora. A festa foi espetacular e, quando se aproximava do final, as sábias começaram a presentear o bebê com seus dons: virtude, beleza, riqueza, e assim por diante. A princesinha recebeu tudo o que se pode desejar no mundo. Quando onze delas tinham oferecido seu dom, a décima terceira sábia, que não tinha sido convidada, irrompeu no salão, queimando de raiva. Sem cumprimentar ninguém, ela gritou:

– Quando completar quinze anos, a princesa picará o dedo em um fuso e morrerá.

Sem dizer outra palavra, ela se virou e deixou o salão. Todos ficaram aterrorizados. Nesse momento, a décima segunda sábia se apresentou. Como ela ainda não tinha oferecido o seu som, ela amenizou a praga rogada, pois não era capaz de eliminá-la.

– A princesa não morrerá. Ela cairá em um sono profundo durante cem anos.

O rei, que queria salvar a filha até mesmo daquele mal menor, ordenou que todos os fusos do reino fossem queimados.

A menina cresceu com todos os dons oferecidos pelas sábias. Era tão bela, modesta, doce, bondosa e inteligente que ninguém podia fazer nada a não ser amá-la.

No dia em que a princesa completou quinze anos, o rei e a rainha tinham viajado para o exterior, e a menina ficou sozinha no castelo. Ela perambulou por todos os cantos, todos os quartos e salões. Por fim, foi parar em uma antiga torre. Subindo por uma estreita escada em caracol, deu com uma pequena porta, em cuja fechadura havia uma chave enferrujada. Ela virou a chave, e a porta se abriu, e lá dentro estava sentada uma velha fiando seu linho no fuso.

– Bom dia – disse a princesa. – O que a senhora está fazendo?

– Estou fiando – a velha respondeu, balançando a cabeça.

– E que coisa é essa que fica pulando? – perguntou a menina. E, pegando o fuso, ela começou a fiar. Mas mal ela tocou no fuso o feitiço se realizou e ela picou o dedo.

Na mesma hora ela caiu na cama que se encontrava ali e mergulhou em um sono profundo. E esse sono se espalhou por todo o castelo. O rei e a rainha, que tinham voltado e estavam no grande salão, adormeceram, e, com eles, toda a corte, assim como os cavalos no estábulo, os cães no pátio, as pombas no telhado, as moscas na parede e até o fogo que ardia no fogão. A carne que estava no espeto parou de assar. O cozinheiro, que ia puxar os cabelos do ajudante por causa de um erro, soltou-o e adormeceu. O vento cessou, e nem uma folha caiu das árvores.

Em torno do castelo começou a crescer uma cerca de espinhos, que ficava mais espessa a cada ano. Depois de um tempo, nada mais se podia ver do local, exceto pelo cata-vento do telhado. Correu o mundo a lenda da Bela Adormecida, pois assim ficou conhecida a filha do rei. De tempos em tempos, apareciam príncipes que tentavam atravessar o espinheiro e chegar ao castelo, mas eles não conseguiam, pois os espinhos se fechavam como se fossem mãos fortes. Muitos jovens ficaram presos neles e tiveram uma morte triste.

Depois de muitos anos, um príncipe veio visitar o reino e ouviu um velho dizer que havia um castelo atrás da cerca de espinhos e que dentro do castelo uma princesa enfeitiçada dormia havia cem anos junto com o rei, a rainha e toda a corte. O avô do velho lhe contou que muitos príncipes já tinham tentado atravessar o espinheiro e acabaram presos e mortos. Mas o jovem príncipe disse:

– Eu não tenho medo de tentar. Hei de vencer e conhecer a Bela Adormecida.

O bom velho tentou dissuadi-lo, mas o rapaz não lhe deu ouvidos.

Pois agora cem anos haviam passado e chegara o dia em que a Bela Adormecida deveria despertar. Quando o príncipe se aproximou da cerca de espinhos, ela se transformou em uma cerca de lindas flores, que se afastavam e se inclinavam para que ele passasse, fechando-se de novo atrás dele. No pátio do castelo ele encontrou os cavalos e os cães de caça dormindo, e no telhado as pombas, sentadas, escondiam a cabeça debaixo das asas. Dentro do castelo, as moscas dormiam na parede, o cozinheiro ainda estava com a mão erguida para acertar o ajudante, e uma criada levava no colo a galinha preta que ia depenar.

Seguindo adiante, ele viu no salão a corte inteira adormecida. Nos tronos dormiam o rei e a rainha. Tudo estava tão quieto que o príncipe podia ouvir a própria respiração. Finalmente ele chegou à torre, subiu a escada em caracol e abriu a porta do quarto onde dormia a Bela Adormecida, tão linda que o rapaz não conseguia tirar os olhos dela. Ele se inclinou e deu-lhe um beijo. Ela despertou, abriu os olhos e fitou-o com muita bondade. Ela se levantou e os dois desceram as escadas juntos. O rei, a rainha e a corte acordaram e se entreolharam, surpresos. Lá fora, os cavalos ficaram em pé e se sacudiram, os cães se ergueram e abanaram as caudas, e as pombas no telhado tiraram a cabeça de sob as asas, espiaram em volta e saíram voando para o campo. As moscas se arrastaram pela parede, o fogo despertou e cozinhou a comida, a carne do espeto começou a assar, o cozinheiro deu um tapa na orelha do ajudante, que gritou, e a criada continuou depenando a galinha.

O casamento do príncipe com a Bela Adormecida foi celebrado com pompa e circunstância, e eles viveram felizes até o fim de seus dias.

O ALFAIATE VALENTE

Certa manhã de verão um pequeno alfaiate estava sentado à sua mesa de trabalho, perto da janela. Ele trabalhava alegremente, com toda a disposição, quando ouviu uma mulher gritar na rua:

– Geleia, quem quer comprar geleia da boa?

O pequeno alfaiate ficou feliz. Colocou a cabeça para fora e disse:

– Aqui, minha senhora. Se quiser um cliente, venha até aqui.

A pobre mulher subiu as escadas carregando uma cesta pesada e teve de mostrar todos os potes ao alfaiate. Ele examinou cada um, abrindo todas as tampas e cheirando seu conteúdo, e por fim disse:

– A geleia parece muito boa. Dê-me cinquenta gramas... ou melhor, cem gramas.

A mulher, que esperava encontrar um bom freguês, deu-lhe o que ele pediu e foi embora brava e resmungando por causa do pouco que havia vendido.

– Esta geleia é o que eu precisava – o pequeno alfaiate disse. – Ela vai me dar força e habilidade. – Ele pegou o pão no armário, cortou uma fatia, espalhou a geleia por cima, colocou a fatia ao lado e continuou costurando. O aroma da geleia se espalhou por todo o ambiente e acabou atraindo a enorme quantidade de moscas que por ali estavam.

– Ei, quem foi que chamou vocês? – o pequeno alfaiate disse, enxotando as convidadas indesejadas. Porém, como não entendiam sua língua, as moscas voltaram em número ainda maior. Então, completamente irritado, o alfaiate pegou um trapo no canto da chaminé e gritou: – Agora tomem isto – e bateu nelas sem dó. Quando terminou, contou sete moscas mortas.

– Isto é um feito e tanto – ele disse. – A cidade inteira precisa saber.

Rapidamente ele cortou e costurou um cinturão e nele escreveu: "Sete de um golpe só".

– Eu disse a cidade? Ora, o mundo inteiro precisa saber – e seu coração se rejubilou de alegria.

O alfaiate ajustou o cinturão no corpo e começou a pensar em sair pelo mundo afora, pois a oficina agora lhe parecia pequena demais para a sua grandeza. Então procurou pela casa algo que fosse útil levar na viagem, mas não encontrou nada além de queijo velho, que pôs no bolso. Do lado de fora ele notou um pássaro preso nos arbustos. Pegou-o e colocou-o no bolso com o queijo. A seguir pôs-se a caminho valentemente e, como não carregava nenhum peso, não se sentiu cansado. Ao chegar ao topo mais alto de uma montanha, encontrou um gigante assustador. O alfaiate se aproximou corajosamente, chamou-o e disse:

– Camarada, bom dia. Vejo que está aí contemplando o vasto mundo. É para lá que eu vou em busca do meu destino. Não quer vir comigo?

O gigante olhou para o alfaiate com desdém.

– Mas que criatura ridícula!

– Pode ser – o pequeno alfaiate respondeu. – Ou você pode ler aqui se sou ou não sou homem.

O gigante leu "Sete de um golpe só!" e, como pensou que o alfaiate tinha matado homens, sentiu de imediato mais respeito pelo baixinho. Mas como queria testar o alfaiate, pegou uma pedra e espremeu-a até verter água.

– Repita isso se tiver força suficiente – disse o gigante.

– Isso não é nada – o alfaiate respondeu. – Brincadeira de criança.

Enfiando a mão no bolso, ele tirou de lá o queijo e espremeu-o até verter seu soro.

– Que tal?

O gigante não sabia o que dizer, pois não tinha acreditado no homenzinho. Então ele pegou uma pedra e atirou-a tão alto que ela quase sumiu de vista.

– Agora, cidadão, tente fazer o mesmo.

– Excelente arremesso – o alfaiate elogiou. – Mas a pedra caiu na terra de novo. Eu vou arremessar uma que não voltará jamais.

O alfaiate enfiou a mão no bolso, tirou o pássaro e lançou-o no ar. Tão logo se viu livre, o pássaro bateu asas para bem longe dali.

– Que tal isso, camarada? – o alfaiate perguntou.

– Não há dúvida de que você consegue arremessar – o gigante respondeu. – Resta saber se consegue carregar.

Ele levou o alfaiate até um imenso carvalho caído no chão e disse:

– Se você é forte mesmo, ajude-me a carregar esta árvore.

– Não seja por isso – o homenzinho respondeu. – Você carrega o tronco nos ombros, e eu levo todos os galhos, pois isso é muito mais difícil.

E assim o gigante colocou o tronco nos ombros, e o alfaiate se sentou em um galho. Como o gigante não conseguia ver o que estava acontecendo, carregou a árvore com o alfaiate e tudo. O homenzinho estava muito feliz e cantarolou: "Lá vão três alfaiates". Como se carregar uma árvore fosse brincadeira de criança.

O gigante, depois de carregar sua pesada carga por um pedaço do caminho, cansou-se e reclamou:

– Escute aqui. Vou largar esta árvore.

O alfaiate pulou no chão e segurou a árvore com as duas mãos, como se a estivesse carregando. E respondeu:

– Viu só? Apesar de grandalhão, você não consegue carregar a árvore.

Eles caminharam juntos mais um pouco e chegaram a uma cerejeira. O gigante agarrou os galhos mais altos, nos quais ficam as frutas mais maduras, puxou-os para baixo e entregou-os ao alfaiate, para que ele comesse. Mas o pequeno alfaiate era fraco demais e foi arremessado no ar assim que o gigante soltou os galhos. Tão logo ele caiu no chão, sem nenhum ferimento, o gigante disse:

– Como assim? Você não consegue segurar esse raminho?

– Não é força o que me falta – o alfaiate respondeu. – Não falta força a alguém que abate sete de um só golpe. Eu apenas saltei sobre a árvore porque os caçadores estão atirando na mata. Salte você também, se puder.

O gigante fez uma tentativa, mas, como não foi capaz de passar por cima da árvore, ficou pendurado nos galhos. Mais uma vez o pequeno alfaiate levou a melhor. Então o gigante disse:

– Como você é um sujeito valente, venha comigo para a nossa toca e passe a noite lá.

O alfaiate seguiu o gigante sem nenhum problema. Quando os dois chegaram à toca, alguns gigantes já estavam sentados em torno do fogo, cada qual segurando pela mão uma ovelha assada. O pequeno alfaiate olhou em volta e pensou: "Este lugar é muito mais espaçoso do que a minha oficina".

O gigante mostrou-lhe uma cama e disse-lhe que se deitasse nela e dormisse. Porém a cama era grande demais para o alfaiate e por isso ele foi dormir em um canto. À meia-noite o gigante se levantou, pegou uma grande barra de ferro e bateu com ela na cama, supondo que dessa maneira daria fim àquele alfaiate insuportável. De manhã bem cedinho, os gigantes foram para a floresta totalmente esquecidos do alfaiate. Quando perceberam que ele vinha logo atrás, vivo e feliz, ficaram muito assustados. Pensando que ele ia matá-los, saíram correndo.

O pequeno alfaiate continuou caminhando, seguindo sempre o seu faro. Depois de andar bastante, ele chegou ao pátio do palácio de um rei. Sentia-se tão cansado que se deitou e adormeceu. Várias pessoas se acercaram dele com curiosidade. "Sete de um golpe só" elas liam em seu cinto.

– Oh! – diziam. – Por que este grande senhor viria até aqui em tempos de paz? Deve ser um grande vencedor!

As pessoas foram logo contar a novidade ao rei, dizendo-lhe que, se houvesse guerra, aquele homem seria de grande valia e portanto deveria ser mantido ali a qualquer preço. O rei mandou reunir seu conselho e enviou um de seus oficiais para pedir ao pequeno alfaiate, assim que ele acordasse, que servisse em seu exército. Por isso o mensageiro se postou ao lado do dorminhoco até ele começar a esticar pernas e braços e a abrir os olhos. E saiu dali com a resposta:

– Esse foi justamente o motivo que me trouxe aqui. Estou pronto para começar a servir ao rei.

O pequeno alfaiate foi recebido com toda a honra, e para ele foi construída uma casa. Porém os outros soldados queriam vê-lo longe.

– O que vamos fazer? – eles se perguntavam. – Se começarmos uma discussão que termine em briga, sete de nós cairão em um único golpe.

Depois de alguma deliberação, decidiram ir até o rei solicitar sua demissão.

– Jamais desejamos servir com um homem que mata sete de um golpe só – eles explicaram.

O rei ficou triste por perder seus leais servidores por causa de um homem e desejou jamais tê-lo conhecido. Na verdade, dispunha-se a livrar-se dele se pudesse, mas não se atrevia a mandar embora o pequeno alfaiate porque temia que ele eliminasse todos os seus súditos e se aboletasse no trono. Depois de pensar longo tempo sobre o assunto, tomou uma decisão. Mandou chamar o alfaiate e disse-lhe que, sendo ele um guerreiro tão notável, tinha uma proposta a lhe fazer. Contou-lhe que em uma floresta de seus domínios havia dois gigantes que causavam grande estrago roubando, assassinando e incendiando, e que nenhum homem ousava deles se aproximar por temer pela própria vida. O rei lhe daria a filha em casamento se ele acabasse com esses gigantes, assim como metade do reino. Cem cavaleiros o acompanhariam.

"Isso estaria à altura de um homem como eu", pensou o alfaiate. "Uma bela princesa e metade de um reino não aparecem todo dia." Então ele disse ao rei:

– Mas é claro que posso derrotar os gigantes e para isso não preciso de cem cavaleiros. Quem mata sete de um golpe só não precisa temer a presença de apenas dois.

E o pequeno alfaiate se pôs a caminho, seguido por cem cavaleiros. Quando chegou aos limites da floresta, disse aos homens:

– Fiquem aqui enquanto dou cabo dos gigantes.

Então ele entrou na mata, examinando o terreno à esquerda e à direita. Logo avistou os gigantes. Eles dormiam embaixo de uma árvore e roncavam tanto que os galhos acima tremiam. O pequeno alfaiate encheu os dois bolsos com pedras e subiu na árvore. Foi até um galho que pendia logo acima dos gigantes e ali se sentou. Depois de um tempo um dos gigantes acordou e empurrou o companheiro.

– Por que você está jogando coisas em mim? – ele perguntou.

– Você está sonhando – o outro respondeu. – Eu não fiz nada.

Assim que os dois se ajeitaram de novo para dormir, o alfaiate deixou cair uma pedra no outro gigante.

– Mas que coisa! – ele gritou. – O que você está jogando em mim?

– Não estou jogando nada em você – o primeiro gigante respondeu, rosnando.

Os dois discutiram por um momento, mas, como estavam cansados, desistiram da briga e fecharam os olhos mais uma vez. O alfaiate recomeçou seu jogo, tirando do bolso a pedra mais pesada e atirando-a com força no peito do primeiro gigante.

– Assim já é demais – ele gritou, enlouquecido, enquanto dava um soco tão forte em seu companheiro que a árvore tremeu. O outro retribuiu na mesma moeda, e os dois lutaram com tal fúria que chegaram a arrancar árvores pela raiz para usar como armas. Ao final, os dois caíram mortos. Nessa hora o alfaiate desceu da árvore.

– Outro golpe de sorte – ele disse. – Se a árvore em que eu estava sentado também tivesse sido arrancada, teria de ficar pulando de uma a outra como um esquilo.

Em seguida o alfaiate pegou a espada e a enfiou no peito dos gigantes algumas vezes. Depois encaminhou-se até os cavaleiros e disse:

– Feito. Dei um fim nos dois, mas eles me deram trabalho. Arrancaram árvores para se defender, mas não adiantou. Afinal, estavam enfrentando um homem capaz de matar sete de um só golpe.

– Você está ferido? – perguntaram os cavaleiros.

– Não – o alfaiate respondeu. – Nem um fio do meu cabelo saiu do lugar.

Como não acreditavam na história, os cavaleiros entraram no bosque para conferir e lá encontraram os gigantes chafurdando no próprio sangue, no meio das árvores desenraizadas.

O pequeno alfaiate foi reclamar seu prêmio, mas, arrependido da oferta, o rei tentou mais uma vez se livrar do herói.

– Antes que você possa ter minha filha e metade do meu reino – ele disse –, você deve realizar outro ato de heroísmo. Na floresta vive também um unicórnio que faz enorme estrago. Vá até lá e pegue-o.

– Um unicórnio não me mete mais medo do que dois gigantes. Sete de um golpe só. Esse sou eu – foi a resposta do alfaiate.

E o alfaiate entrou na floresta carregando uma corda e um machado, depois de ordenar aos homens designados para acompanhá-lo que esperassem lá fora. Não teve de procurar muito, pois logo o unicórnio surgiu e correu atrás dele, como se quisesse matá-lo sem demora.

– Calma, calma – o alfaiate ordenou.

O unicórnio veio correndo. O alfaiate permaneceu imóvel até o animal chegar bem perto, e nesse momento se escondeu atrás da árvore. Foi assim que o animal enterrou o chifre no tronco e acabou preso.

– Eu te peguei – o alfaiate disse, saindo de trás da árvore. Em seguida passou a corda pelo pescoço do bicho e cortou seu chifre com o machado. Quando tudo estava arrumado, ele levou o unicórnio até o rei.

Contudo o rei não queria cumprir sua promessa e ordenou-lhe ainda uma terceira tarefa. Antes do casamento o alfaiate deveria prender um javali que tinha feito muitos estragos na floresta. Caçadores iriam acompanhá-lo.

– Está bem – o alfaiate concordou. – Mais fácil que tirar o doce de uma criança.

Porém ele não levou os caçadores para dentro da floresta, e isso os deixou muito felizes, pois o javali já os havia recebido tão mal que eles não tinham nenhuma vontade de perturbá-lo. Quando o javali avistou o alfaiate, correu em sua direção espumando, mas, ligeiro, o herói correu para uma capela que estava por ali, entrando nela e saindo do outro lado pela janela. Tão logo o javali entrou na capela a porta se fechou e ele ficou preso, afinal era grande demais para conseguir passar pela janela.

O pequeno alfaiate chamou os caçadores, que puderam ver com os próprios olhos o javali aprisionado. Dessa vez o rei foi obrigado a cumprir sua promessa, dando ao alfaiate a filha e metade do reino. E ele teria ficado ainda mais sentido se soubesse que o grande guerreiro era na verdade um pequeno alfaiate. O casamento foi celebrado com grande pompa e pouca alegria, e o alfaiate tornou-se rei.

Um dia a jovem rainha ouviu o marido falar dormindo:

– Rapaz, termine o colete e as calças ou lhe darei uma surra com a fita métrica.

Percebendo a que classe social pertencia o marido, ela contou tudo ao pai na manhã seguinte, implorando-lhe que a libertasse daquele homem que não passava de um simples alfaiate.

– Esta noite, deixe a porta do seu quarto aberta. Meus guardas ficarão de prontidão. Quando o seu marido adormecer, eles o colocarão em um navio que o transportará para o outro lado do mundo.

A moça se tranquilizou, mas o criado do rei, que tudo ouvira, foi correndo contar o plano ao alfaiate.

– Vou dar um jeito nisso – ele disse.

À noite o alfaiate se deitou na cama como de costume, quando a mulher pensou que ele estivesse dormindo, ela levantou-se, abriu a porta e deitou-se novamente. O pequeno alfaiate, que apenas fingia dormir, começou a murmurar:

– Rapaz, termine o colete e as calças ou lhe darei uma surra com a fita métrica. Matei sete com um só golpe e mais dois gigantes, peguei um unicórnio e um javali. Por que teria medo daqueles que estão do lado de fora da minha porta?

Ao ouvirem o alfaiate, os guardas sentiram muito medo e saíram correndo como lebres selvagens.

E assim o alfaiate foi rei pelo restante da vida.

O REI BARBA DE MELRO

ERA UMA VEZ UM REI QUE TINHA UMA FILHA BELÍSSIMA, MAS TÃO ORGULHOSA que nenhum partido a satisfazia. Além de recusar todo pretendente que se apresentava, a moça zombava deles. Um dia o rei deu uma grande festa e mandou chamar todos os homens solteiros do reino. Os rapazes foram colocados em fila de acordo com sua posição e título. Primeiro vinham os reis, depois os príncipes, os duques, os condes, os barões e, por fim, os nobres. A princesa foi chamada a examiná-los, mas arrumou um apelido jocoso para todos eles. Um era gordo demais: – Que baleia! – ela disse. Outro era muito alto: – Que poste! – ela implicou. O terceiro era muito baixo: – Que tampinha! – a moça zombou. O quarto era muito branco: – Parece um fantasma – ela riu. O quinto tinha o rosto vermelho: – Que pimentão! – ela tascou. O terceiro era mal constituído: – Que fracote! – ela exclamou. Todos tinham algum problema, mas ela zombou especialmente de um rei muito alto cujo queixo era meio pontudo. – Vejam só – ela disse, irônica. – O queixo dele parece o bico de um melro. Desse dia em diante ele passou a ser chamado de Rei Barba de Melro.

Ao ver que a filha zombava de todos, seu pai jurou que ela havia de ter por marido o primeiro mendigo que aparecesse. Alguns dias depois, surgiu um mendigo que começou a cantar embaixo da janela do palácio na esperança de ganhar esmolas. Ao ouvi-lo, o rei mandou que entrasse. E então o mendigo caminhou com seus trajes sujos e cantou diante do rei e de sua filha. Quando terminou, pediu uma pequena retribuição. Porém o rei disse:

– A canção me agradou tanto que vou dar-lhe a minha filha em casamento.

A princesa ficou horrorizada, mas o rei continuou:

– Eu jurei que você se casaria com o primeiro mendigo que aparecesse, e assim será.

Não havia remédio. Mandaram buscar o padre, e a princesa teve de se casar com o cantor. Terminada a cerimônia, o rei disse:

– Agora que você é a esposa de um mendigo não pode mais morar neste castelo. Portanto, vá embora com seu marido.

O mendigo a levou, e ela foi obrigada a acompanhá-lo a pé. No caminho, encontraram um grande bosque, e ela perguntou:

– A quem pertence esta floresta, tão grande e bonita?

O mendigo respondeu:

– Ao Rei Barba de Melro, e ela poderia ter sido sua.

A moça retrucou:

– Que tonta eu fui ao não tomar por esposo rei tão bom e garboso!

Ao passarem por um prado, ela perguntou:

– A quem pertence este prado tão verde e bonito?

O mendigo respondeu:

– Ao Rei Barba de Melro, e ele poderia ter sido seu.

E ela disse:

– Que tonta eu fui ao não tomar por esposo rei tão bom e garboso!

Em seguida eles passaram por uma cidade, e ela perguntou:

– A quem pertence esta cidade, tão grande e bonita?

O mendigo respondeu:

– Ao Rei Barba de Melro, e ela poderia ter sido sua.

E ela disse:

– Que tonta eu fui ao não tomar por esposo rei tão bom e garboso!

O mendigo reclamou:

– Não gosto de ouvi-la falando assim. Por acaso não sou bom para você?

Por fim eles chegaram a uma casa bem pequena. A moça exclamou:

– Santo Deus! Que casa mais miserável! A quem ela pertence?

O mendigo respondeu:

– Esta casa é minha e sua, e aqui vamos morar.

Ela teve de se abaixar para entrar.

– Onde estão os criados? – a filha do rei perguntou.

– Que criados? – o mendigo respondeu. – Aqui você mesma precisa fazer o serviço. Acenda o fogo, esquente a água e cozinhe alguma coisa. Estou muito cansado.

Mas a filha do rei não sabia acender o fogo nem cozinhar, e o mendigo precisou ajudá-la. Depois de comer sua pobre refeição, os dois foram se deitar.

O homem acordou a mulher muito cedo para que ela limpasse a casa. Eles viveram desse jeito por alguns dias, até que os mantimentos acabaram.

– Mulher – disse o homem –, não podemos ficar aqui parados sem ganhar nada. Você precisa fabricar cestos.

O homem foi para a floresta cortar a madeira. Sua mulher começou a trançá-la, mas logo ficou com os dedos machucados.

– Parece que isto não vai dar certo. É melhor você fiar.

E então ela tentou fiar, mas a linha áspera cortou-lhe os dedos, que começaram a sangrar.

– Você não presta para trabalho nenhum! – o homem exclamou. – Fiz um mau negócio ao tomá-la por esposa. Vou tentar um comércio de potes e vasos de barro. Você poderá vendê-los na feira.

"Ah, meu Deus!", ela pensou. "Se alguém do reino do meu pai me vir na feira, vai zombar de mim." Mas não havia o que fazer. Se não obedecesse, morreria de fome.

No primeiro dia, tudo correu bem. As pessoas compravam seus produtos alegremente, pois ela era bonita, e pagavam quanto ela pedisse. Alguns chegavam a dar-lhe o dinheiro sem levar a mercadoria. E o casal viveu com esse dinheiro até ele acabar. Depois o homem conseguiu mais potes. A mulher sentou-se em um canto da feira e dispôs à sua frente o que tinha para vender. De repente, um soldado bêbado montado em um cavalo passou no meio dos potes, estraçalhando-os. Ela começou a chorar.

– O que será de mim? O que o meu marido vai dizer? – e foi correndo para casa contar-lhe o que tinha acontecido.

– Que ideia essa de sentar no canto da feira com potes de barro! – o marido disse. – Agora pare de chorar. Perguntei no castelo de seu pai se eles não precisavam de uma ajudante de cozinha e me disseram que não se importavam de contratá-la. No mínimo você vai comer de graça.

E a filha do rei se tornou ajudante de cozinha, servindo ao cozinheiro e fazendo o trabalho mais pesado. Em cada bolso ela prendeu um potinho, no qual levava para casa o que houvesse sobrado. E assim ela e o marido se alimentavam. Um dia, na festa de casamento do príncipe mais velho, a pobre moça subiu as escadas e espiou pela porta do salão. Quando as luzes se acenderam e os convidados surgiram, cada um mais bonito que o anterior, e todo o ambiente brilhou de esplendor, ela pensou com tristeza em seu destino, lastimando o seu o orgulho e a sua arrogância, que a tinham feito perder tudo a ponto de tornar-se miserável. À medida que os pratos finos e cheirosos passavam de lá para cá, os criados lhe atiravam pedaços, que ela guardava nos bolsos para comer em casa. Então surgiu o próprio príncipe, vestido de seda e veludo, com uma corrente de ouro em volta do pescoço. Ao ver a bela jovem parada à porta, pegou-a pela mão e tirou-a para dançar. Ela recusou o convite, trêmula, e percebeu que aquele era o Rei Barba de Melro, que ela havia dispensado com uma zombaria. Não adiantou ela resistir. Ele a arrastou para o salão, mas a faixa que prendia seus bolsos se arrebentou e todos os potes com comida se espatifaram no chão. As pessoas riram e zombaram dela. Envergonhada, ela correu para a porta, mas um homem a conteve. Era o Rei Barba de Melro outra vez, que lhe disse com muita bondade:

– Não tenha medo. Eu e o mendigo com quem você vive naquele casebre somos a mesma pessoa. Por amor eu me disfarcei. Era eu também o soldado que quebrou seus potes na feira. Fiz tudo isso para amolecer seu coração orgulhoso e para puni-la por sua arrogância.

A moça chorou com amargura e disse:

– Eu fiz tudo errado e não mereço ser sua esposa.

Ao que ele respondeu:

– Tenha coragem. Os dias ruins ficaram para trás. Vamos celebrar o nosso casamento.

As damas de companhia vestiram-na com um traje esplêndido. Seu pai e toda a corte vieram desejar-lhe felicidade no casamento com o Rei Barba de Melro. E assim a festa começou. Queria muito que eu e você também estivéssemos lá.

OS MÚSICOS DA CIDADE DE BREMEN

Era uma vez um burro que passou muitos anos carregando sacos para o moinho, mas cuja força começava agora a faltar. A cada dia ele ficava mais fraco para trabalhar. Seu dono começou a pensar em livrar-se dele, mas o animal, adivinhando que algo ruim estava para lhe acontecer, fugiu, tomando a estrada para Bremen. Ele achava que lá encontraria trabalho como músico. Depois de caminhar um pouco, encontrou um cachorro na estrada. O bicho arfava como se tivesse corrido muito.

– Por que você está assim ofegante? – o burro perguntou.

– Eu já sou velho – o cachorro respondeu. – Fico mais fraco a cada dia e já não sirvo para as caçadas. Meu dono ia me sacrificar, mas eu fugi. Só não sei como vou viver agora.

– Eu tenho uma ideia – o burro disse. – Estou indo para Bremen e vou me tornar músico. Você pode vir comigo e virar músico também. Eu toco alaúde, e você pode tocar tambor.

O cachorro aceitou o convite, e os dois seguiram juntos. Não demorou muito e encontraram um gato triste como três dias de chuva.

– Por que está tão triste? – perguntou o burro.

– E quem ficaria feliz com o pescoço em perigo? – o gato respondeu. – Agora que estou velho os meus dentes não cortam mais, e eu andava preferindo miar ao lado do forno a correr atrás dos ratos. Minha dona queria me afogar, por isso caí fora. Mas bons conselhos são raros, e eu não sei o que fazer.

– Venha conosco para Bremen – o burro disse. – Tornar-se músico. Você pode cantar.

O gato achou a ideia boa e aceitou acompanhá-los. A seguir os três viajantes passaram por um quintal, em cuja cerca um galo gritava a plenos pulmões.

– Seu grito é capaz de furar um osso – o burro disse. – Qual é o problema?

– Eu previ tempo bom para o Dia de Nossa Senhora, de modo que todas as camisas pudessem ser lavadas e secas. E agora a minha dona terá visitas no domingo e pediu ao cozinheiro que me transformasse em uma sopa. Esta noite vão torcer meu pescoço, por isso estou gritando enquanto posso.

– Você faria melhor se viesse conosco, galinho – propôs o burro. – Vamos para Bremen. É melhor do que morrer. Sua voz é poderosa e fará grande efeito quando estivermos nos apresentando juntos.

O galo consentiu, e os quatro seguiram caminho.

Mas Bremen ficava muito longe e não podia ser alcançada em um dia. Por essa razão, ao entardecer, eles se encaminharam a um bosque, onde pretendiam passar a noite. O burro e o cachorro se deitaram debaixo de uma grande árvore. O gato se esticou em um galho, e o galo se empoleirou no alto, que era o melhor lugar para ele. Antes de dormir, ele olhou para os quatro pontos cardeais e percebeu ao longe uma luzinha. Avisou aos companheiros que devia haver uma casa por ali, ao que o burro disse:

– Vamos até lá, pois aqui as acomodações não são confortáveis. – O cachorro começou a pensar que uns ossos com umas carninhas lhe fariam bem. E assim eles se dirigiram para o ponto em que havia a luz, que foi ficando a cada passo maior e mais brilhante. Por fim eles chegaram à casa de uns ladrões, que estava toda acesa. Como era mais alto, o burro espiou pela janela.

– O que você está vendo? – o cachorro perguntou.

– O que eu estou vendo? – o burro disse. – Uma mesa com ótima comida e bebida e ladrões sentados à sua volta, muito à vontade.

– Isso me parece bom – o galo disse.

– De fato – o burro concordou. – Gostaria que nós fôssemos lá dentro.

Então eles discutiram como fazer para tirar os ladrões da casa e ao final saíram-se com um plano. O burro colocou as patas dianteiras no parapeito da janela, o cachorro subiu em suas costas, o gato subiu em cima do cachorro, e o galo empoleirou-se na cabeça do gato. A um sinal, todos começaram a cantar. O burro zurrou, o cachorro latiu, o gato miou, e o galo cocorocou. A seguir eles quebraram o vidro e entraram na casa. Ao ouvir o estrondo, os ladrões saíram correndo. Pensando tratar-se de um duende, fugiram aterrorizados para a floresta.

Então os quatro companheiros sentaram-se à mesa e se refestelaram com as sobras como se não comessem havia um mês. Quando terminaram, apagaram as luzes e cada um procurou um local para dormir que se adaptasse à sua natureza. O burro se deitou lá fora, no monte de esterco; o cachorro ficou atrás da porta; o gato se ajeitou na lareira, junto às cinzas quentes; e o galo se instalou no sótão. Como estavam cansados da longa jornada, logo caíram no sono.

Perto da meia-noite, os ladrões perceberam que nenhuma luz estava acesa na casa e que tudo parecia tranquilo. O chefe do bando concluiu que talvez eles tivessem fugido sem razão e pediu a um dos homens que fosse até a casa verificar. Chegando lá, o homem encontrou tudo em silêncio. Ele entrou na cozinha para acender uma luz. Pensando que os olhos brilhantes do gato fossem carvão em chamas, tentou acender neles um fósforo. Mas o gato não gostou da brincadeira e pulou em seu rosto, arranhando-o. O ladrão gritou de pavor e correu para a porta dos fundos, mas o cachorro, que ali dormia, mordeu-lhe uma perna. Quando o homem corria pelo quintal, próximo ao monte de esterco, o burro deu-lhe um coice. E o galo, irritado por ter sido acordado pelo barulho, gritou "cocoricó".

O ladrão voltou para o local em que estavam seus amigos e disse ao chefe:

– Tinha uma bruxa na casa! Senti o seu bafo e suas unhas no meu rosto. Na porta havia um homem que me esfaqueou a perna. No quintal havia um fantasma preto que me bateu com um porrete de madeira. E lá no alto, no telhado, a justiça gritou: – Pega ladrão! – Então eu fugi de lá o mais rápido que pude.

Depois daquela noite os ladrões nunca mais voltaram à casa, e os quatro músicos da cidade de Bremen sentiam-se ali tão bem que resolveram ficar. Como você pode ver, o último a contar esta história ainda está vivo.

JOÃO FELIZARDO

João serviu a seu patrão por sete anos e por fim lhe disse:

– Meu senhor, meu tempo acabou. Quero voltar para casa e ver minha mãe. Por isso peço-lhe meu salário.

– Você me serviu fielmente. Assim foi o serviço, assim será o salário – o patrão respondeu, entregando-lhe um bloco de ouro grande como sua cabeça.

João tirou um lenço do bolso, embrulhou nele o ouro, colocou-o sobre o ombro e foi para casa. Enquanto se arrastava pela estrada, surgiu um homem alegremente montado em um cavalo.

– Oh! – João exclamou. – Que maravilha deve ser cavalgar! Andar sentado como em uma poltrona, sem tropeçar em pedras, poupando os sapatos e seguindo em frente sem nem se dar conta.

O cavaleiro, que ouviu tudo, falou com João:

– Ora, por que está andando a pé?

– Porque não tem jeito – João respondeu. Tenho este bloco para carregar. É de ouro, mas tenho de manter a cabeça de lado e o meu ombro dói.

– Tenho uma ideia – propôs o cavaleiro. – Vamos trocar de lugar. Eu lhe dou meu cavalo, e você me dá o bloco de ouro.

– De muito bom grado – João respondeu. – Mas aviso que o bloco é pesado.

O cavaleiro apeou, pegou o ouro e, ajudando João a montar, passou-lhe os arreios.

– Quando quiser andar depressa – ele disse –, estale a língua e grite "upa".

Montado no cavalo, João saiu trotando alegre. Depois de um tempo, decidiu andar mais rápido e começou a estalar a língua e a gritar "upa". O cavalo começou a trotar mais depressa, e João foi atirado ao chão antes que conseguisse entender o que estava acontecendo. O animal teria saído em disparada se um camponês que por ali passava com uma vaca não o tivesse segurado. João se levantou e se arrumou, sentindo-se envergonhado.

– Que coisa horrível é cavalgar! – ele disse. – Especialmente em um animal como esse, que derruba a gente sem aviso. Já pensou se a gente quebra o pescoço? Nunca mais vou montar em um cavalo. Mas a sua vaca é útil, pois dá leite, manteiga e queijo todo dia. O que eu não daria por ela!

– Ora, ora – o camponês disse. – Já que ela lhe faria tanto bem, não me importaria de trocá-la por seu cavalo.

João ficou muito feliz com a troca, e o camponês saiu sacolejando no lombo do cavalo e logo sumiu de vista. João seguiu seu caminho em silêncio, tangendo a vaca à sua frente e pensando no bom negócio que tinha feito.

– Basta um pedaço de pão para que não me falte mais nada, pois terei sempre manteiga e queijo. E, caso sinta sede, poderei beber o leite da minha vaca. O que mais eu poderia querer?

Chegando a uma estalagem, João parou e tratou de comer toda a comida que levava, almoço e jantar, e comprou meia caneca de cerveja com seus últimos tostões. E lá foi ele novamente tangendo a vaca a caminho da aldeia onde a mãe morava. Já perto do meio-dia, o sol ficava cada vez mais quente, e João estava em uma charneca que levaria ainda uma hora para atravessar. Sentia tanto calor e tanta sede que sua língua grudou no céu da boca.

– Não faz mal. Vou ordenhar minha vaca – João disse, amarrando o animal em uma árvore ressecada.

João pegou o chapéu de couro para servir de balde e começou a ordenhar a vaca, mas nem uma gota de leite apareceu. Como ele trabalhava meio desajeitadamente, a vaca lhe deu um coice na cabeça que o derrubou no chão, desorientado. Por sorte, vinha passando um açougueiro levando um porco em um carrinho de mão.

– Ora, vejam só – o homem disse, ajudando João a se levantar.

João contou-lhe o que tinha acontecido. O açougueiro ofereceu-lhe seu cantil e disse:

– Tome aqui um gole para se recuperar. É claro que essa vaca não var dar leite. Ela é muito velha e serve apenas para puxar carga ou ser abatida.

– Mas quem é que podia adivinhar isso? Naturalmente, essa é uma boa maneira de comer carne, mas eu não ligo para carne de vaca, acho sem gosto. Mas, se eu tivesse um porco... isso sim é carne! Sem falar nas linguiças.

– Escute, João. Se você quiser, posso trocar o porco pela vaca. – propôs o açougueiro.

– Deus lhe pague! – João exclamou.

O porco foi retirado do carrinho de mão e dali em diante seria conduzido com uma cordinha. E lá foi o João, pensando como tudo acontecia segundo os seus desejos e como, em caso de problema, tudo se resolvia com rapidez. Depois de um tempo ele cruzou com um camponês que carregava um ganso debaixo do braço. Eles se cumprimentaram e João começou a falar de sua boa sorte, das boas trocas que havia feito. O camponês contou que estava levando o ganso para uma festa de batismo.

– Veja como é pesado – ele disse, segurando o bicho pelas asas. Está engordando há oito semanas. Imagine como ficará depois de assado!

– É verdade – João disse, segurando o bicho. – Mas o meu porco não fica atrás.

O camponês olhou para os lados, sacudiu a cabeça e disse:

– Eu acho que tem alguma coisa errada com seu porco. Lá na aldeia de onde eu vim tinham acabado de roubar um leitão. Acho que é esse aí. O pessoal saiu atrás do ladrão, e não seria nada bom se achassem o animal com você. No mínimo iriam jogá-lo em um buraco escuro.

O pobre João ficou branco de medo.

– Pelo amor de Deus – ele pediu –, ajude-me a sair dessa, sou um forasteiro nestas terras. Leve o meu porco e me deixe o seu ganso.

– É meio arriscado – o homem respondeu. – Mas vou correr o risco. – E então ele pegou a corda e saiu rapidamente com o porco por uma estradinha. João seguiu seu caminho com o ganso debaixo do braço.

"Quanto mais eu penso, melhor a troca me parece. Primeiro, asso o ganso. Depois, guardo a gordura, que deve durar um ano. Por fim, fico com as penas para rechear meu travesseiro. Vou dormir como um anjo, e minha mãe ficará feliz."

Ao chegar à última aldeia, João avistou um amolador de facas. Enquanto sua roda de pedra girava, ele cantava:

Giro a roda e a tesoura eu afio,
Nos meus amigos por certo confio,
Já que me valem no calor ou no frio.

João ficou observando-o. Por fim, disse:

– Você parece muito feliz com sua roda de amolar.

– Sim – o amolador respondeu. – Este trabalho me dá um bom soldo. Para mim, o bom amolador é aquele que enfia a mão no bolso e sempre encontra dinheiro. Mas onde você comprou esse belo ganso?

– Eu o troquei por um porco – João disse.

– E o porco?

– Troquei por uma vaca.

– E a vaca?

– Troquei por um cavalo.

– E o cavalo?

– Troquei por um bloco de ouro do tamanho da minha cabeça.

– E o ouro?

– Foi o pagamento por sete anos de serviço.

– Você se defende muito bem – o amolador disse. – Se pudesse tirar dinheiro do bolso cada vez que enfiasse a mão nele, você estaria feito.

– Como posso conseguir isso? – João perguntou.

– Sendo um amolador de facas – o homem respondeu. – Você só precisa de uma roda de amolar, e eu tenho uma. Ela não está em perfeitas condições, mas eu aceito trocá-la pelo ganso. O que me diz?

– O que eu digo? – João respondeu. – Serei o homem mais feliz do mundo. Se eu tirar dinheiro do bolso cada vez que enfiar a mão nele, o que mais posso querer?

E assim ele trocou o ganso pela roda de amolar facas.

– Agora – disse o amolador pegando uma pedra comum do chão. – Aqui está outra pedra que também será útil. Você pode endireitar nela os pregos velhos que entortarem. Leve-a com você e cuide bem dela.

João pegou a pedra e carregou-a alegremente.

– Acho que nasci virado para a lua – ele disse com os olhos brilhando de felicidade. – Consigo tudo o que desejo.

Depois de um tempo, João começou a se sentir cansado. Estava andando desde o amanhecer. Também começou a sentir fome, mas já não tinha mais nada para comer. Chegou a um ponto em que quase não podia mais caminhar e tinha de parar a todo momento. As pedras pesavam muito e ele começou a desejar não ter de carregá-las. Prosseguindo com passo de lesma, João chegou a um poço. Poderia descansar e tomar um gole de água fresca. Com cuidado, ele colocou as pedras na borda do poço e sentou-se a seu lado. Quando se levantou, acabou derrubando as pedras no poço. Ao ver as pedras desaparecer, João pulou de alegria e agradeceu ao céu por não ter mais de carregá-las.

– Eu realmente acho que sou o mais feliz de todos os homens – ele disse.

E assim prosseguiu, leve e solto, até a casa da mãe.

RUMPELSTILSEQUIM

Era uma vez um moleiro pobre que tinha uma linda filha. Certo dia aconteceu de ele conversar com o rei e, para se fazer de importante, disse-lhe que a filha sabia como fiar a palha para que virasse ouro.

– Eis aí uma arte que eu aprecio – respondeu o rei ao moleiro. – Se a sua filha é mesmo tão inteligente, leve-a a meu castelo amanhã para que eu possa verificar com meus próprios olhos.

Quando a moça chegou, o rei a levou para uma sala cheia de palha e deu-lhe o fuso e a roca, dizendo:

– Agora comece a trabalhar. Se até o início da manhã você não tiver transformado toda esta palha em ouro, morrerá. – O rei fechou a porta e deixou-a sozinha.

A pobre filha do moleiro ficou ali sentada, sem saber o que fazer para continuar viva. Ela não tinha ideia de como fiar a palha para ela virar ouro. Desesperada, começou a chorar. De repente a porta se abriu e por ela entrou um homenzinho, que disse:

– Boa noite, filha do moleiro. Por que está chorando?

– Tenho de fiar a palha para ela virar ouro, mas não sei como fazer isso – a menina respondeu.

Então o homenzinho quis saber:

– O que você me dá se eu fizer o serviço no seu lugar?

– Meu colar – a moça respondeu.

O homenzinho pegou o colar, sentou-se diante da roca e pôs-se a fiar, fiar, fiar. Com três voltas o fuso ficou cheio. Ele pegou mais um pouco de palha e pôs-se a fiar, fiar, fiar. Mais três voltas e o fuso ficou cheio outra vez. E assim ele prosseguiu até a manhã do dia seguinte, quando todos os fusos estavam cheios de ouro.

Ao nascer do sol, o rei chegou. Quando viu todo o ouro, ficou perplexo e muito feliz, pois era ganancioso. Levou a filha do moleiro para outro aposento cheio de palha, muito maior que o primeiro, e ordenou-lhe que, se tivesse amor pela vida, fiasse toda a palha naquela noite. A moça não sabia o que fazer e por isso começou a chorar. Então a porta se abriu e um homenzinho apareceu e disse:

– O que você me dá se eu transformar toda esta palha em ouro?

– O meu anel – a moça respondeu.

Então o homenzinho começou a fiar. Na manhã seguinte, toda a palha tinha se transformado em ouro. O rei ficou mais do que feliz, mas, como nunca achava o ouro suficiente, levou a filha do moleiro para um aposento ainda maior, também ele cheio de palha, e ordenou-lhe:

– Tudo isto deve ser fiado nesta noite. Se conseguir, vai se tornar minha esposa.

Apesar de a moça ser a simples filha de um moleiro, o rei pensava que jamais encontraria alguém mais rico em todo o mundo. Tão logo ela ficou sozinha, o homenzinho apareceu e propôs:

– O que você me dá se eu transformar toda esta palha em ouro?

– Não tenho mais nada para dar – a moça respondeu.

– Então deve me prometer o primeiro filho que tiver quando for rainha – o homenzinho disse.

"E se isso não acontecer?", a filha do moleiro pensou. Mas como não sabia mais o que fazer, prometeu entregar a criança. O homenzinho começou a fiar e, na manhã seguinte, quando o rei viu todo o ouro, ordenou que o casamento se realizasse imediatamente. E assim a linda filha do moleiro virou rainha.

No ano seguinte ela deu à luz um bebê e não pensou mais no homenzinho. Mas um dia ele apareceu em seu quarto e disse:

– Vim buscar o que me prometeu.

A rainha ficou horrorizada e ofereceu ao homenzinho todas as riquezas do reino em troca do seu bebê, mas o homenzinho disse:

– Não. Prefiro algo vivo a todos os tesouros do mundo.

A rainha começou a se lamentar e a chorar tanto que o homenzinho ficou com pena dela.

– Vou lhe dar três dias – ele disse. – Se até lá não descobrir como eu me chamo, deve dar-me o bebê.

A rainha passou a noite pensando em todos os nomes que conhecia e mandou um mensageiro descobrir em todos os cantos quantos nomes houvesse. Quando o homenzinho voltou, no dia seguinte, ela recitou toda a lista, mas depois de cada nome o homenzinho repetia:

– Não, eu não me chamo assim.

No segundo dia a rainha mandou perguntar o nome de todos os criados da vizinhança e apresentou ao homenzinho os nomes mais estranhos.

– Rosbífio? Ovelídeo? Volímero?

Mas a resposta era sempre:

– Não, eu não me chamo assim.

No terceiro dia o mensageiro disse:

– Não consegui descobrir nenhum nome novo. Mas, ao passar pela floresta, encontrei uma casinha. Na frente dela, um homenzinho engraçado dançava em volta de uma fogueira, pulando em uma perna só e gritando:

Rá, rá, rá, que felicidade a minha,
Hoje será meu o filho da rainha.
Nenhuma alma além de mim,
Sabe que sou Rumpelstilsequim.

Você pode imaginar a alegria da rainha ao escutar aquilo. Quando o homenzinho apareceu, ela começou a perguntar:

– João?

– Não.

– Henrique?

– Não.

– Então só pode ser Rumpelstilsequim.

– Foi o diabo quem lhe contou. Foi o diabo quem lhe contou – o homenzinho gritou. E sua raiva era tanta que ele bateu com o pé direito no chão com tal força que a perna afundou até o joelho. Então ele agarrou o pé esquerdo com as duas mãos e, furioso, puxou-o até se rasgar ao meio. E esse foi seu fim.

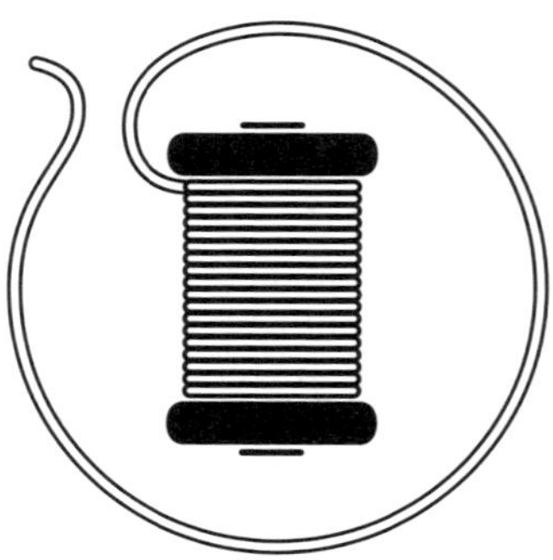

O VELHO SULTÃO

Era uma vez um camponês e seu fiel cachorro Sultão, tão velho que já perdera todos os dentes e era incapaz de morder o que quer que fosse. Um dia, sentado à porta de sua casa, o homem disse à esposa:

– Vou matar o velho Sultão amanhã. Ele já não serve para nada.

Com pena do animal a mulher respondeu:

– Ele nos serviu por tantos anos, sempre fiel. Merece comida e abrigo agora que está velho.

– Querida, acho que você não está entendendo o problema – o marido disse. – Ele não tem mais dentes e não assusta nenhum ladrão. Não vejo por que não nos livrarmos dele. É verdade que nos serviu bem, mas nós lhe demos bastante comida boa.

O pobre cão, deitado ao sol não muito longe dali, escutou com tristeza a notícia de que morreria no dia seguinte. Lembrou-se de seu grande amigo lobo e, à noite, foi ao bosque contar-lhe o destino que o aguardava.

– Ouça, amigo – o lobo disse. – Tenha coragem, pois vou ajudá-lo. Tive uma ideia. Amanhã cedo seu dono e a esposa dele vão colher o feno. A casa ficará sozinha, pois eles levarão o filho junto. Enquanto estiverem trabalhando, deixarão a criança na sombra ao lado da cerca. Fique por perto, como se a estivesse guardando. Eu vou sair da floresta e roubar a criança. Você deve correr atrás de mim para salvá-la. Assim que eu soltá-la, você a leva de volta para os pais, que ficarão muito agradecidos por você tê-la salvado. Depois disso eles não vão deixar faltar nada a você.

O cachorro ficou feliz com a ideia, que foi executada conforme o planejado. Quando o pai viu o lobo levando a criança, ele gritou, e quando Sultão a trouxe de volta, ele o acariciou, dizendo:

– Ninguém vai tocar em um pelo seu. Você terá comida e abrigo pela vida toda. – E, dirigindo-se à esposa, continuou: – Vá para casa e prepare um bom guisado para o Sultão, algo que ele não precise mastigar. E deixe o meu travesseiro para ele usar como colchão.

Daquele dia em diante, Sultão passou a viver com todo o conforto que pudesse desejar. Logo depois o lobo foi lhe fazer uma visita, felicitando-o por tudo ter saído bem.

– Mas, amigo – o lobo disse –, você precisa facilitar as coisas para eu ter a chance de pegar uma ovelha gorda do seu dono. Uma delas podia fugir um dia desses...

– Não conte com isso – Sultão respondeu. – Devo permanecer fiel ao meu dono.

Certa noite, porém, pensando que Sultão não falava sério, o lobo tentou roubar uma ovelha. Mas o homem, alertado por Sultão, estava à sua espera e deu-lhe um golpe. O lobo teve de ir embora, mas antes gritou para o cachorro:

– Você vai pagar por isso, traidor.

Na manhã seguinte, o lobo mandou o javali chamar o cachorro e marcar um encontro na floresta para tirarem satisfações. O velho Sultão achou apenas um gato de três patas como ajudante. O pobrezinho foi para a batalha mancando, com o rabo erguido no ar. O lobo e seu ajudante já haviam chegado. Ao verem os adversários se aproximando, pensaram que o rabo esticado do gato fosse um sabre e acharam que o gato andava sobre três patas porque carregava uma pedra grande na outra. Ficaram muito assustados. O javali se esgueirou por entre as folhas, e o lobo subiu na árvore. Quando o cão e o gato chegaram, não se surpreenderam de não ver ninguém. Porém o javali não tinha se escondido muito bem, e a ponta de suas orelhas ficou para fora. Quando o gato viu aquilo, pensou que fosse um rato e partiu para cima dele. Acabou mordendo a orelha do javali, que soltou um gemido terrível e foi embora gritando:

– Eis ali o culpado, em cima da árvore.

O gato e o cachorro olharam para cima e viram o lobo, que desceu da árvore bastante envergonhado de sua covardia e fez as pazes com o cachorro.

O LOBO E OS SETE CABRITINHOS

Era uma vez uma cabra velha que tinha sete filhotes, os quais ela amava muito, como todas as mães amam seus filhos. Um dia ela teve de ir à floresta procurar comida para eles. Antes, chamou-os e reuniu-os à sua volta.

– Filhos queridos – ela disse –, vou agora para a floresta. Enquanto eu estiver fora, tomem cuidado com o lobo, pois, se ele entrar, vai comê-los inteirinhos. O desgraçado sempre se disfarça, mas pode ser reconhecido pela voz grossa e pelas patas negras.

– Mamãezinha – os cabritinhos responderam –, não precisa ter medo. Vamos nos cuidar.

A mãe se despediu e seguiu seu caminho tranquila. Não demorou muito e alguém bateu à porta, dizendo:

– Abram a porta, filhinhos, mamãe voltou e trouxe comida.

Mas os cabritinhos reconheceram o lobo pela voz grossa.

– Não vamos abrir a porta – eles disseram. – Você não é a mamãe. Ela tem uma voz delicada e doce, e a sua voz é grossa e áspera. Você deve ser o lobo.

Então o lobo foi até uma loja, comprou um pedaço de giz e mastigou-o para ficar com a voz mais suave. Aí voltou para a casa dos cabritinhos, bateu na porta e disse:

– Abram a porta, filhinhos, mamãe chegou e trouxe um presente para cada um de vocês.

Mas o lobo pôs a pata negra contra a janela. Os cabritinhos viram e responderam:

– Não vamos abrir a porta. Nossa mãe não tem patas pretas. Você deve ser o lobo.

O lobo correu até o padeiro.

– Padeiro – ele disse –, machuquei o pé. Ponha um pouco de massa em cima dele, por favor.

Quando o padeiro terminou de passar a massa de pão em seu pé, o lobo correu até o moleiro e pediu:

– Espalhe um pouco de farinha nas minhas patas, por favor.

Mas o moleiro se recusou, temendo que o lobo quisesse machucar alguém.

– Se não fizer o que peço – o lobo ameaçou –, eu vou comer você.

Com medo, o moleiro obedeceu. Isso mostra de que são feitos os homens.

E lá foi o patife pela terceira vez bater à porta dos cabritinhos.

– Abram, crianças. É a mamãe – ele disse. – Trouxe da floresta um presentinho para cada um de vocês.

– Mostre suas patas – os cabritinhos disseram. – Assim vamos saber se você realmente é a nossa mãe.

E o lobo pôs as patas contra a janela. Ao verem que eram brancas, os cabritinhos julgaram que estava tudo bem e abriram a porta. Ficaram aterrorizados quando viram o lobo e tentaram se esconder. Um correu para debaixo da mesa. O segundo se escondeu embaixo da cama. O terceiro, no forno. O quarto, na cozinha. O quinto, no guarda-louça. O sexto, debaixo da pia. O sétimo, dentro do relógio de parede. Mas o lobo encontrou todos e a todos engoliu, exceto o mais novinho, que estava no relógio. Como conseguira o que queria, o lobo foi embora. Mais adiante, deitou-se embaixo de uma árvore e adormeceu.

Pouco depois a cabra voltou para casa e ficou perplexa com o que viu. A porta estava escancarada. Mesas, cadeiras e banquinhos, caídos. As louças estavam quebradas. As camas, reviradas. Ela ficou procurando os filhos, mas não os encontrou. Chamou cada um deles pelo nome, mas o único que respondeu foi o mais novo.

– Estou aqui, mamãe – um vozinha chamou. – No relógio de parede.

A cabra ajudou o cabritinho a sair e o ouviu contar que o lobo tinha vindo e comido os seus irmãos. Imaginem como ela chorou a morte dos filhos! Depois de um tempo, a cabra saiu da casa e pôs-se a perambular com o filho que restara. Quando chegaram à campina, viram o lobo adormecido embaixo de uma árvore. Ele roncava tanto que os galhos tremiam. A cabra examinou-o com muito cuidado e percebeu que alguma coisa se mexia dentro do corpo dele.

– Oh! – ela exclamou. – Será que os meus pobres filhos ainda estão vivos? – E mandou o caçula pegar em casa tesoura, linha e agulha.

Então ela cortou a carne do lobo e logo apareceu a cabeça de um de seus filhotes. Mais um corte, outra cabeça. No final, todos saíram vivos, pois, em sua ganância, o lobo engoliu todos os filhotinhos sem mastigá-los. Que maravilha! Os cabritinhos confortaram sua mãe e puseram-se a saltitar alegremente.

– Agora vão pegar algumas pedras – a cabra disse. – Vamos encher o lobo com elas.

Assim eles fizeram. Tão logo a pança do lobo estava cheia, a cabra a costurou rapidamente. Quando o patife por fim acordou, sentiu sede. Enquanto se encaminhava para o riacho, as pedras começaram a bater umas contra as outras, fazendo barulho. Ele se assustou:

O que é isto dentro de mim
que faz tlim-tlim, tlim-tlim, tlim-tlim?
Seis cabritos eu sei que engoli,
Mas agora já não sei o que vai ali.

Chegando ao riacho, inclinou-se para beber. Porém as pedras eram tão pesadas que o fizeram cair na água e afogar-se. Os sete cabritinhos viram tudo e voltaram correndo.

– O lobo morreu, o lobo morreu – eles gritaram e saíram dançando com a mãe.

A GUARDADORA DE GANSOS

Era uma vez uma velha rainha cujo marido morrera havia muitos anos. Ela tinha uma linda filha que estava prometida em casamento ao filho de um rei de uma terra distante. Quando o dia marcado para o casamento se aproximou e a velha rainha teve de mandar a filha para o reino distante, ela reuniu uma porção de objetos caros – móveis, louças, joias, adornos de ouro e prata – e adequados ao dote de uma princesa real, pois amava muito aquela filha. A rainha também cuidou para que a filha tivesse uma dama de companhia para lhe servir e entregá-la ao noivo. As duas seguiriam viagem em um cavalo. O animal da princesa se chamava Falada e sabia falar.

No dia da partida, a velha rainha levou a filha ao seu aposento, cortou o próprio dedo com uma faquinha e deixou três gotas de sangue pingar sobre um lenço branco. A seguir ela entregou o lenço à filha, dizendo-lhe que cuidasse bem dele porque seria útil na viagem. A princesa guardou o lenço na roupa, montou no cavalo e partiu ao encontro do noivo. Uma hora depois, começou a sentir sede e disse à dama de companhia:

– Desça e vá encher minha taça no riacho. Estou com muita sede.

– Desça você – a dama de companhia disse. – Se está com sede, faça uma concha com as mãos e pegue sua água no rio. Não sou sua escrava.

Como tinha muita sede, a princesa apeou do cavalo e recolheu a água do riacho com as próprias mãos, pois não pôde usar sua taça de ouro.

– Oh, Deus! – a princesa murmurou.

Ouvindo-a, as três gotas de sangue disseram:

– Se sua mãe soubesse disso, ficaria mortificada.

Mas a princesa não respondeu. Em silêncio, montou outra vez no cavalo. As duas prosseguiram por mais alguns quilômetros. O dia estava quente, o sol a pino, e a princesa sentiu sede novamente. Quando se aproximaram de outro riacho, a princesa disse à dama de companhia:

– Desça e encha a minha taça de ouro. – Ela tinha esquecido o que acontecera. A dama de companhia foi ainda mais antipática.

– Se quiser água, desça e cuide disso sozinha. Não serei sua escrava.

Como sentia muita sede, a princesa teve de apear do cavalo e ir beber no riacho. Mais uma vez ela se lamentou:

– Oh, Deus!

As três gotas de sangue ouviram o lamento e disseram:

– Se sua mãe soubesse disso, ficaria mortificada.

Quando a princesa se inclinou no leito do riacho, deixou o lenço cair, mas estava tão aflita que nem percebeu. Porém a dama de companhia viu tudo e ficou muito alegre, pois sem as três gotas de sangue a princesa se tornava frágil e incapaz de se defender. Quando ela ia montar outra vez no cavalo, a dama de companhia lhe disse:

– O Falada é meu. Fique com este jumento.

A princesa teve de obedecer. Então a dama de companhia lhe ordenou que tirasse seus ricos trajes e vestisse suas roupas simples, fazendo-a jurar que não diria palavra quando chegassem à corte, caso contrário ela lhe tiraria a vida. Falada percebeu e tudo guardou na memória.

As duas partiram para o castelo real – a dama de companhia montando Falada e a princesa no lombo do jumento. Todos se alegraram com sua chegada. O filho do rei correu para recebê-las e ajudou a dama de companhia a descer do cavalo, pensando que ela fosse sua noiva. A seguir ele a conduziu pelas escadas, enquanto a princesa ficava lá embaixo. Mas o velho rei, que olhava tudo da janela, viu-a parada no pátio e percebeu toda a sua beleza e delicadeza. Ele perguntou à falsa princesa quem era aquela moça que ela havia trazido e que ficara no pátio.

– É a minha dama de companhia. Dê-lhe algum serviço, pois ela não pode ficar o tempo todo parada.

O velho rei então se lembrou que a moça poderia ajudar o menino que cuidava dos gansos. E assim a princesa real recebeu ordens de cuidar dos gansos com o garoto chamado Conrado.

Logo depois a falsa noiva disse ao príncipe:

– Caríssimo marido, peço que me faça um grande favor.

– O que quiser – ele respondeu.

– Peça ao carrasco que se livre do meu cavalo. Ele me causou muitos problemas durante a viagem.

A falsa noiva temia que o cavalo pudesse contar o que ela havia feito com a princesa. Porém, quando a ordem de matar Falada foi dada, a princesa ficou sabendo e em segredo foi conversar com o carrasco. Ela lhe prometeu uma moeda de ouro em troca de um favor. Havia na cidade um grande portão pelo qual ela tinha de passar de manhã e à noite com os gansos, e ela lhe pediu que pendurasse nele a cabeça de Falada, de modo que ela pudesse vê-lo toda vez que por ali passasse. O homem cumpriu sua promessa.

Na manhã seguinte, quando a princesa e Conrado passaram pelo portão tangendo os gansos, ela disse:

– Ó Falada, és tu pendurado aí?

E a cabeça respondeu:

Princesa, como está maltratada!
Se sua mãe soubesse,
ficaria mortificada.

Ela prosseguiu pela cidade, levando os gansos para o campo. Quando chegaram a seu destino, ela se sentou e soltou o cabelo, que era muito loiro. Conrado viu como ele brilhava e quis pegar alguns fios para si. Mas ela disse:

Vento, vento amigo,
afasta de mim o perigo,
Sopra o chapéu do Conrado,
que se mostrou tão malvado.

O vento soprou forte e levou embora o chapéu do menino, que teve de correr atrás dele. Quando Conrado voltou, a princesa já tinha prendido o cabelo com pentes e presilhas. Ele ficou bravo e deixou de falar com ela. Cuidaram dos gansos até a noite, então foram para casa.

Na manhã seguinte, quando passavam pelo portão, a princesa disse:

– Ó Falada, és tu pendurado aí?

E a cabeça respondeu:

Princesa, como está maltratada!
Se sua mãe soubesse,
ficaria mortificada.

Chegando ao campo, ela começou a pentear o cabelo. Conrado apareceu para lhe puxar um fio, mas ela disse:

Vento, vento amigo,
afasta de mim o perigo,
Sopra o chapéu do Conrado,
que se mostrou tão malvado.

O vento soprou forte e levou embora o chapéu do menino, que teve de correr atrás dele. Quando Conrado voltou, a princesa já tinha prendido o cabelo. Cuidaram dos gansos até a noite e, quando chegaram em casa, Conrado foi até o rei e lhe disse:

– Não vou mais cuidar dos gansos com aquela moça.

– Por que não? – o rei perguntou.

– Porque ela me perturba o dia todo – Conrado respondeu. O rei então pediu que ele lhe desse mais detalhes.

– Todas as manhãs – Conrado começou –, quando passamos pelo portão com os gansos, ela conversa com a cabeça de um cavalo que está pendurada lá. Ela diz:

Ó Falada, és tu pendurado aí?
E a cabeça responde:
Princesa, como está maltratada!
Se sua mãe soubesse,
ficaria mortificada.

Além disso, Conrado contou tudo o que acontecia nos campos e como ele era forçado a correr atrás do chapéu. O velho rei lhe disse que mantivesse a rotina. Na manhã seguinte, ele se escondeu atrás do portão e ouviu a princesa conversar com Falada. Depois seguiu-os até os campos e se escondeu atrás de um arbusto. Dali viu Conrado e a princesa cuidando dos gansos. Em dado momento, ela soltou o cabelo e disse:

Vento, vento amigo,
afasta de mim o perigo,
Sopra o chapéu do Conrado,
que se mostrou tão malvado.

E aí veio o golpe de vento que levou embora o chapéu de Conrado. Depois disso a jovem penteou e prendeu o cabelo. E o velho rei entendeu o que estava acontecendo.

À noite, já no castelo, mandou chamar a moça e lhe perguntou a razão de tudo aquilo.

– Isso eu não ouso lhe contar – ela respondeu. – Não posso dizer nada sobre meu infortúnio, pois, quando minha vida corria perigo, jurei nunca revelar a verdade.

O rei a pressionou bastante, mas não conseguiu nada.

– Já que não pode contar a mim, conte ao forno de ferro – ele disse e saiu.

Ao se ver sozinha, a princesa subiu no forno e começou a chorar e a se lamentar. Por fim, abriu seu coração.

– Aqui estou, abandonada por todos. Sou filha de um rei, mas uma dama de companhia má me obrigou a abrir mão de minhas roupas e de meu lugar ao lado do príncipe. Agora sou guardadora de gansos. Se minha mãe soubesse, ficaria mortificada.

O rei, que tudo ouviu atrás da porta, chamou-a. Em seguida fez com que lhe trouxessem trajes reais. Ficou deslumbrado com sua beleza. Ele chamou então seu filho e mostrou-lhe que ele estava com a noiva errada, que na verdade era apenas uma criada, e que a noiva certa estava bem ali, e ela era a guardadora de gansos. Ao ver tanta beleza e delicadeza, o príncipe sentiu-se feliz.

Um grande banquete foi preparado para a corte e os amigos. O noivo sentou-se entre a princesa e a criada, mas a falsa noiva não reconheceu a verdadeira, pois estava embriagada demais por tudo o que conseguira. Quando todos os presentes tinham comido e bebido, o velho rei fez uma pergunta à criada. Ele quis saber que castigo merecia alguém que enganasse seus patrões dessa e dessa maneira.

– Que castigo uma pessoa assim merece?

– Uma pessoa assim merece ser colocada nua dentro de um barril cheio de pregos e ser arrastada de rua em rua por dois cavalos brancos até morrer.

– Você acaba de proferir sua sentença. Assim será.

Quando o castigo foi executado, o príncipe se casou com a verdadeira noiva e com ela reinou em paz por toda a vida.

RAPUNZEL

Era uma vez um homem e sua esposa e fazia muitos anos que eles desejavam uma filha. Na parte de trás de sua casa havia uma pequena janela com vista para um belo jardim cheio de plantas e flores, mas em torno do jardim existia um muro que ninguém se aventurava a pular, pois ali morava uma bruxa muito poderosa, de quem todos tinham muito medo. Um dia, olhando pela janela, a esposa viu em um dos canteiros as verdes folhas de um rabanete, tão apetitosas que ela desejou ter algumas para comer. E esse desejo perdurou por dias, mas, como ela não podia pegar os rabanetes, foi ficando triste e pálida. Preocupado, o marido lhe perguntou:

– O que foi, mulher?

– Ai de mim – ela respondeu. – Vou morrer se não puder comer os rabanetes que crescem no jardim ao fundo da nossa casa.

Como o homem amava demais a esposa, pensou que, em vez de perdê-la, iria conseguir os rabanetes, custasse o que custasse. Assim, quando veio o crepúsculo, ele pulou o muro da bruxa e arrancou da terra um punhado de rabanetes, que levou para a esposa. A esposa preparou uma salada e comeu-a alegremente. Mas ela gostava tanto de rabanetes e aqueles estavam tão bons que no dia seguinte ela os desejou três vezes mais do que no dia anterior. Para que ela sossegasse, o marido teria de pular o muro mais uma vez. E assim ele fez. Quando estava indo embora, o homem viu a bruxa parada na sua frente. Ao ouvir os gritos dela, ele tremeu.

– Como ousa pular o muro para roubar meus rabanetes? Isso vai lhe custar caro.

– Tenha misericórdia – ele respondeu. – Roubei por necessidade. Minha esposa viu seus rabanetes pela janela e foi tomada por um desejo tão intenso que morreria se não pudesse comê-los.

– Se o que diz é verdade – a bruxa disse –, pode pegar quantos rabanetes quiser, com uma condição: a criança que vai nascer deve ser entregue a mim. Cuidarei dela como se fosse minha.

Atormentado como estava, o homem faria qualquer promessa. Quando chegou a hora e a criança veio ao mundo, a bruxa apareceu, deu-lhe o nome de Rapunzel e levou-a embora.

Rapunzel era a criança mais linda do mundo. Quando completou doze anos, a bruxa trancafiou-a no alto de uma torre no meio da floresta. Na torre não havia porta nem escada, apenas uma janela no alto. Para entrar, a bruxa gritava lá de baixo:

– Rapunzel, jogue as suas tranças.

Rapunzel tinha o cabelo comprido e loiro, que brilhava como ouro. Quando ouvia a voz da bruxa, ela abria a janela e jogava as tranças para baixo. Pendurada nelas, a bruxa subia.

Depois de alguns anos, aconteceu de um príncipe ir cavalgando por ali e encontrar a torre. Ao se aproximar, ouviu uma doce voz cantando. Decidiu parar para escutar melhor. Era Rapunzel quem cantava para espantar sua solidão. O príncipe queria conhecer a dona daquela voz e por isso começou a procurar a porta da torre. Ao perceber que não havia nenhuma, foi embora. Porém aquela canção não saiu mais de sua cabeça, e ele passou a frequentar a floresta todos os dias apenas para escutá-la. Um dia ele viu a bruxa chegar e gritar:

– Rapunzel, jogue as suas tranças.

E assim ele viu as tranças ser jogadas para baixo e a bruxa subindo por elas. Disse baixinho:

– Já que essa é a escada, é por ela que vou subir em busca da minha sorte.

No dia seguinte, tão logo começou a escurecer, ele foi até o pé da torre e gritou:

– Rapunzel, jogue as suas tranças.

Assim que as tranças foram jogadas para baixo, o príncipe subiu.

Rapunzel ficou aterrorizada quando viu o rapaz, pois nunca estivera na presença de um homem, mas o príncipe falou-lhe com muita bondade e explicou-lhe que a sua canção não lhe saía da cabeça e que por isso ele precisava conhecê-la pessoalmente. Rapunzel deixou de sentir medo e, quando ele lhe pediu em casamento e ela viu que ele era jovem e bonito, pensou: "Com certeza gosto mais dele do que de minha velha mãe". Então, colocando sua mão sobre a dele, disse:

– Sim. Quero ir com você, mas não sei como sair daqui. Talvez você possa me trazer fios de seda a cada vez que vier. Assim eu teço uma escada para descer da torre.

Eles combinaram que o príncipe iria vê-la todas as noites, pois a bruxa só a visitava durante o dia. A bruxa nada percebeu, até que um dia Rapunzel deixou escapar:

– Por que você sobe tão devagar se o príncipe chega aqui em cima em um minuto?

– Ora, que peste! – a bruxa exclamou. – Pensei tê-la escondido de todo o mundo, mas você me traiu!

Com muita raiva, ela segurou o cabelo de Rapunzel com a mão esquerda e, com a direita, pegou uma tesoura e cortou-lhe as madeixas. Estava tão enfurecida que levou Rapunzel para um local totalmente deserto, onde passou a viver uma vida de tristeza.

No mesmo dia em que levou Rapunzel embora, a bruxa voltou à noite para a torre e prendeu o cabelo cortado no gancho da janela. O príncipe chegou e gritou:

– Rapunzel, jogue as suas tranças.

A bruxa jogou o cabelo para baixo, e o príncipe subiu por ele, mas em vez de Rapunzel encontrou o olhar maligno da bruxa.

– Aha! – ela gritou, zombando dele. – Veio atrás da sua princesa, mas o passarinho fugiu do ninho e não canta mais. O gato comeu e vai arranhar os seus olhos também. Você perdeu Rapunzel. Nunca mais a verá.

O príncipe sentiu uma dor imensa. Desesperado, pulou da torre. O rapaz não morreu, mas os espinhos sobre os quais caiu furaram-lhe os olhos. E então ele ficou vagando cego pela floresta, comendo apenas raízes e frutinhas, lamentando e chorando a perda da preciosa esposa.

Ele perambulou assim durante anos, até o dia em que chegou ao local deserto onde Rapunzel morava miseravelmente com os dois filhos que tinha tido, um menino e uma menina. A princípio ele ouviu uma voz que pensou reconhecer. Quando chegou ao local de onde ela vinha, Rapunzel o viu e correu até ele. As lágrimas dela caíram nos olhos do marido e ele voltou a enxergar. Então ele levou a família para o seu reino, onde foram recebidos com festa e viveram felizes para sempre.

O PEQUENO POLEGAR

Era uma vez um camponês que costumava ficar sentado ao lado do fogão todas as noites para atiçar o fogo enquanto sua mulher fiava. Ele dizia:

– Que tristeza não termos filhos! Nossa casa é tão silenciosa perto da casa dos outros, sempre barulhentas e alegres.

– É verdade – a esposa respondeu com um suspiro. – Se tivéssemos um, pequeno que fosse, do tamanho do meu polegar, como eu seria feliz!

Pouco tempo depois, a mulher teve um filho perfeito, ao qual não faltava nenhum membro. Porém ele não era maior do que um polegar. Os pais disseram:

– Ele é exatamente o que desejamos e vamos amá-lo de todo o coração.

O menino foi nomeado segundo a sua estatura: Pequeno Polegar. Embora tenha recebido alimento suficiente, permaneceu do mesmo tamanho. Era inteligente, rápido e prudente, de modo que tudo o que fazia prosperava.

Um dia, ao se aprontar para ir cortar lenha na floresta, o pai disse, quase como que para si mesmo:

– Bem que eu gostaria que alguém levasse a carroça.

– Papai – o Pequeno Polegar disse –, eu posso levar a carroça. Pode confiar em mim. E não me atrasarei.

O pai riu e respondeu:

– Como vai fazer isso? Você é pequeno demais para segurar as rédeas.

– Não é nada disso, papai. Enquanto a mamãe continua girando a roda para fiar, eu me sento na orelha do cavalo e digo-lhe aonde ir.

– Bem – o pai disse –, vamos tentar uma vez.

Na hora da partida, depois de colocar o filho na orelha do cavalo, a mãe continuou fiando. O menino partiu gritando:

– Upa! Upa!

O animal andava como se o seu senhor o estivesse cavalgando e conduziu a carroça pelo caminho correto até a floresta. Quando viraram uma esquina e o menino gritava "Upa!", dois estranhos estavam passando.

– Veja aquela carroça – disse um deles. – Dá para ouvir o condutor falando com o animal, mas onde ele está?

– Muito estranho – disse o outro. – Vamos seguir a carroça e descobrir a quem ela pertence.

E a carroça foi direto pelo meio da floresta, até o local onde a madeira tinha sido cortada. Quando o Pequeno Polegar avistou o pai, chamou-o:

– Veja, papai, aqui estou com a carroça. Ajude-me a descer.

O pai segurou o cavalo com a mão esquerda e tirou o filho da orelha do cavalo com a direita. Feliz, o menino sentou em um toco. Quando os dois estranhos o viram, ficaram mudos de espanto. Por fim um deles puxou o outro de lado e disse:

– Ganharíamos uma fortuna apresentando esse sujeito na cidade. Vamos comprá-lo.

E assim eles se aproximaram do lenhador e fizeram sua oferta:

– Venda-nos o homenzinho. Cuidaremos dele e nada de mau acontecerá a ele.

– Não – o pai respondeu. – Ele é a luz dos meus olhos, e eu não o venderia nem por todo o dinheiro do mundo.

Mas o Pequeno Polegar subiu pelas abas do casaco do pai, empoleirou-se em seu ombro e sussurrou em seu ouvido:

– Papai, deixe-me ir. Voltarei logo.

O pai o entregou aos dois homens por uma boa quantia de dinheiro. Esses lhe perguntaram onde ele gostaria de ir sentado, e o menino respondeu:

– Coloque-me na aba do seu chapéu. Assim eu poderei ver a paisagem e não corro o risco de cair.

Os homens atenderam o seu pedido e partiram. Eles viajaram até o anoitecer, e o Pequeno Polegar pediu para descer, para variar um pouco. Depois de alguma discussão, os dois homens consentiram. Eles o tiraram do chapéu e o colocaram na grama, junto à estrada. Tão logo pousou no chão, o Pequeno Polegar correu. Foi pulando entre os sulcos e entrou em um buraco de rato, bem o que estava procurando.

– Boa noite, senhores. Podem seguir sem mim – ele gritou para os dois, rindo. Os homens correram atrás dele e cutucaram o buraco com gravetos, mas foi tudo em vão. O Pequeno Polegar foi cada vez mais fundo e, como já estava escuro, tiveram de ir embora envergonhados e com os bolsos vazios.

Assim que eles desapareceram, o Pequeno Polegar saiu de seu esconderijo subterrâneo.

– É perigoso ficar andando por aqui no escuro. Posso acabar quebrando o pescoço.

Por sorte, ele encontrou uma casa de caramujo vazia.

– Muito bem – disse. – Posso passar a noite aqui. – Ele se ajeitou para dormir, mas logo ouviu dois homens que passavam. Um deles dizia:

– Como vamos pôr as mãos no ouro e na prata do vigário?

– Eu sei como – o Pequeno Polegar respondeu.

– Credo! – um dos ladrões disse. – Eu ouvi alguém falando.

Os dois ficaram em silêncio e apuraram os ouvidos. O Pequeno Polegar falou novamente.

– Levem-me com vocês. Eu mostro como roubar o vigário.

– Onde está você? – os ladrões perguntaram.

– Olhem para o chão e sigam o som da voz – ele respondeu.

Afinal eles o encontraram e o ergueram.

– Um elfo! – disseram. – E como é que pode nos ajudar?

– Eu posso passar pelas barras de ferro da sala do vigário e passar a vocês o que quiserem.

– Muito bem – os ladrões disseram. – Vamos ver o que você é capaz de fazer.

Quando chegaram à residência do vigário, o Pequeno Polegar entrou e de lá gritou:

– Vocês vão querer tudo isto?

Os ladrões ficaram aterrorizados e disseram:

– Fale mais baixo para não acordar ninguém.

Mas o Pequeno Polegar fez de conta que não ouviu e gritou de novo:

– O que vão querer? Tudo isto?

Ele gritou tanto que a cozinheira, que dormia em um quarto meio distante, acordou. Os ladrões, com medo de serem descobertos, tinham corrido para longe dali, mas recobraram a coragem, pensando que o menino estivesse zombando deles. Por isso eles voltaram e lhe sussurram para que ficasse quieto e lhes passasse alguma coisa.

Outra vez o Pequeno Polegar gritou tão alto quanto pôde:

– Podem deixar. Vou passar tudo para vocês.

Dessa vez a cozinheira escutou muito bem. Ela pulou da cama e abriu a porta de repente. Os ladrões correram como se estivessem sendo perseguidos por um caçador maluco, mas a empregada, que não estava enxergando nada, foi buscar uma vela. Assim que ela voltou, o Pequeno Polegar foi para o celeiro, sem que ela o visse. Depois de examinar todos os cantos sem encontrar nada, a cozinheira voltou para a cama achando que estivera sonhando acordada.

O Pequeno Polegar subiu no feno e achou um cantinho para passar a noite. Ele pretendia voltar para casa no dia seguinte. Porém outras coisas estavam para lhe acontecer, pois o mundo é repleto de problemas e preocupações. A cozinheira acordou cedinho para alimentar as vacas. Ela se dirigiu primeiro ao celeiro, onde pegou uma braçada de feno justamente do monte no qual dormia o Pequeno Polegar. Ele não percebeu nada e só acordou quando já estava na boca da vaca, que o engolira com o feno.

– Oh, Deus! – ele exclamou. – Como vim parar nesta moenda?

Mas ele logo se deu conta de onde estava e tomou todo o cuidado para não ficar preso entre os dentes da vaca. Por fim, teve de ir até o estômago do animal.

– Esqueceram-se de colocar janelas neste lugar – ele disse. – O sol não pode entrar e não há velas.

Seu novo alojamento não lhe agradou nem um pouco, e, o que era pior, não parava de chegar mais feno. O lugar estava ficando entulhado. Por fim ele gritou, tão alto quanto conseguiu:

– Chega de feno! Chega de feno!

Nessa hora a cozinheira estava tirando o leite da vaca. Ele escutou uma voz, mas não viu ninguém, e era a mesma voz que tinha escutado à noite. Aterrorizada, ela caiu do banquinho e derramou todo o leite. Então correu para o patrão, gritando:

– Senhor, senhor, a vaca falou.

– Não diga bobagens – o vigário respondeu e foi até o estábulo ver o que estava acontecendo.

Assim que ele entrou, o Pequeno Polegar gritou outra vez:

– Chega de feno! Chega de feno!

O vigário se assustou, imaginando que um espírito maligno houvesse se apossado da vaca e ordenou que ela fosse sacrificada. A vaca foi morta e seu estômago foi jogado no monte de esterco. O Pequeno Polegar teve bastante trabalho para sair dali. Nem bem tinha feito um buraco por onde passar a cabeça, novo infortúnio lhe sucedeu. Um lobo faminto apareceu e engoliu o estômago da vaca de uma vez só. Mas o Pequeno Polegar não se deixou abater. "Talvez", ele pensou, "o lobo dê ouvidos à razão." Por isso, gritou:

– Meu caro lobo, posso lhe dizer onde encontrar uma refeição esplêndida.

– Onde?

– Em uma casa assim e assim, e você deve entrar nela pelo esgoto. Lá há bolos, toucinho e sopa em abundância – disse o Pequeno Polegar, descrevendo a própria casa. O lobo nem piscou. Durante a noite, espremeu-se pela tubulação de esgoto e refestelou-se com o que encontrou na despensa. Quando se sentiu satisfeito, tentou ir embora, mas comera tanto que sua cintura não passava mais pelos canos. O Pequeno Polegar contava com isso e começou a fazer um barulhão dentro da barriga do lobo.

– Dá para ficar quieto? – o lobo disse. – Assim os donos da casa vão acordar.

– Escute aqui – disse o Pequeno Polegar. – Você está aí todo satisfeito, e agora vou fazer algo por mim mesmo – e recomeçou a fazer todo o barulho que podia.

Por fim seu pai e sua mãe acordaram. Eles correram para a porta e espiaram pela fresta. Quando viram o lobo, pegaram suas armas. O homem agarrou um machado; a mulher, uma foice.

– Fique atrás de mim – o homem disse quando eles entraram na despensa. – Se ele não parecer morto depois que eu lhe der uma machadada, acerte-o com a foice.

Ao ouvir a voz do pai, o Pequeno Polegar gritou:

– Papai, estou dentro da barriga do lobo.

O pai encheu-se de alegria.

– Graças a Deus encontramos nosso filhinho – e instruiu a mulher a manter a foice fora do caminho para que o filho não se machucasse.

Então ele se aproximou do animal e deu-lhe um golpe fatal na cabeça. Depois, pegou uma tesoura, abriu o corpo do lobo e tirou de lá o seu filho.

– Estávamos tão preocupados com você! – o pai disse.

– Sim, papai, vivi muitas aventuras pelo mundo, mas estou feliz de respirar ar fresco de novo.

– Por onde você andou? – o pai perguntou.

– Por um buraco de rato, a concha de um caramujo, o estômago de uma vaca e as tripas de um lobo. Acho que agora vou ficar em casa.

– E nós não vamos nos separar de você nem por todos os reinos do mundo – os pais disseram, enquanto beijavam e abraçavam o Pequeno Polegar. Em seguida eles lhe deram de comer e de beber e roupas novas, pois as velhas tinham virado trapo durante a viagem.

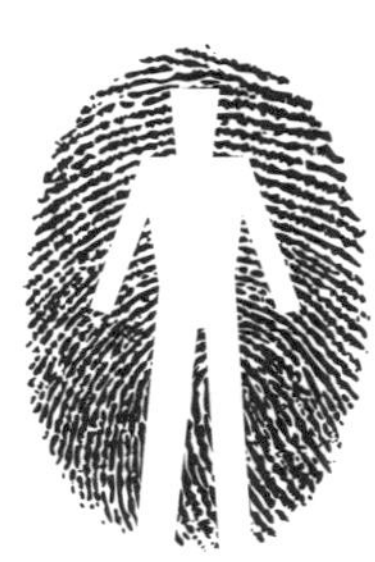

A MESA MÁGICA, O ASNO QUE COSPE OURO E O PORRETE DENTRO DO SACO

Era uma vez um alfaiate que tinha três filhos e uma cabra. Como dava o leite da família, a cabra tinha de ser bem alimentada, por isso todos os dias ela era levada por um dos filhos até os salgueiros que ficavam à beira do rio. Um dia o mais velho levou a cabra ao cemitério, onde fica a melhor grama, para que ela comesse e pulasse à vontade. À noite, quando já era hora de voltarem para casa, ele perguntou:

– E então, cabra, está satisfeita?

A cabra respondeu:

Comi muito,
demais até.
Chega de grama,
mé, mé.

– Vamos embora – o jovem disse, amarrando-a com uma corda e levando-a para o estábulo.

– A cabra se alimentou direito? – perguntou o velho alfaiate.

– Sim – o filho respondeu. Ela comeu muito, demais até.

O pai, porém, foi verificar com os próprios olhos. No estábulo, acariciou o animal e disse:

– Minha querida cabra, você está satisfeita?

Ao que a cabra respondeu:

Satisfeita com o quê
Se não tinha o que comer?
Mé, mé.

– Como é? – o alfaiate se espantou. E foi atrás do filho. – Seu mentiroso! Você disse que a cabra estava satisfeita, mas ela está passando fome.

Louco de raiva, ele pôs o filho para correr debaixo de tapas. No dia seguinte, era a vez do filho do meio, e ele descobriu um ponto na cerca do jardim em que havia brotos verdinhos. A cabra comeu-os todos. À noite, na hora de ir embora ele perguntou:

– E então, cabra, está satisfeita?

A cabra respondeu:

Comi muito,
demais até.
Chega de grama,
mé, mé.

– Então vamos embora – ele disse, levando-a para casa.

– A cabra se alimentou direito? – perguntou o velho alfaiate.

– Sim – o filho respondeu. Ela comeu muito, demais até.

O alfaiate, insatisfeito com a resposta, foi até o estábulo.

– Minha querida cabra, você está satisfeita?

Ao que a cabra respondeu:

Satisfeita com o quê
Se não tinha o que comer?
Mé, mé.

– Aquele inútil! – o alfaiate gritou. – Deixou a pobre criatura em jejum.

Louco de raiva, ele pôs o filho para correr debaixo de tapas. E assim chegou a vez do filho mais novo, e este escolheu logo os arbustos mais verdes e deixou a cabra devorá-los. À noite, na hora de ir embora ele perguntou:

– E então, cabra, está satisfeita?

A cabra respondeu:

Comi muito,
demais até.
Chega de grama,
mé, mé.

– Então vamos embora – ele disse, levando-a para casa.

– A cabra se alimentou direito? – perguntou o velho alfaiate.

– Sim – o filho respondeu. Ela comeu muito, demais até.

Desconfiado da palavra do filho, o alfaiate foi até o estábulo.

– Minha querida cabra, você está satisfeita?

Maliciosa, a cabra respondeu:

Satisfeita com o quê
Se não tinha o que comer?
Mé, mé.

– Desgraçados! – o alfaiate gritou. – Um mais inútil do que o outro. Não quero mais esses idiotas por aqui.

Louco de raiva, ele bateu tanto no filho que o rapaz fugiu de casa.

O velho alfaiate ficou sozinho com a cabra. No dia seguinte, ele foi até o estábulo, soltou a cabra e disse:

– Venha, minha querida. Vou levá-la até os salgueiros.

O alfaiate conduziu a cabra pela corda até os pastos verdejantes onde havia muita comida e disse:

– Agora, sim, você poderá comer tanto quanto quiser – e deixou-a ali até anoitecer. Quando voltou, o alfaiate perguntou:

A cabra respondeu:

Comi muito,
demais até.
Chega de grama,
mé, mé.

– Então vamos embora – o alfaiate disse, levando-a para casa.

Antes de sair do estábulo, o homem virou-se e comentou:

– Pela primeira vez na vida você está satisfeita.

Ao que a cabra respondeu:

Satisfeita com o quê
Se não tinha o que comer?
Mé, mé.

Surpreso de ouvir aquilo, o alfaiate logo percebeu que tinha sido injusto com os três filhos.

– Espere aí, criatura ingrata – ele gritou. – Mandá-la embora não é castigo suficiente. Vou lhe dar uma lição inesquecível.

O alfaiate foi correndo pegar sua navalha. Depois, agarrou a cabra e raspou-lhe a cabeça até não sobrar nem um pelo. A seguir, pegou um chicote e acertou-lhe um golpe que a fez fugir correndo.

O alfaiate começou a se sentir muito só e de bom grado receberia os filhos de volta, mas ninguém sabia para onde eles tinham ido.

O mais velho se tornara aprendiz de marceneiro e dedicou-se com afinco a seu novo ofício. Quando tinha aprendido tudo e chegou a hora de ele ir embora, seu mestre lhe deu de presente uma mesinha comum, feita de madeira comum. Ela, porém, tinha uma grande qualidade. Quando alguém lhe dizia "Mesinha, arrume-se", de repente aparecia nela uma toalha limpa, um prato, uma faca e um garfo, além de assados, cozidos e uma taça de vinho tinto. O jovem aprendiz pensou que estava com a vida feita e saiu mundo afora alegremente, sem nunca se importar se a estalagem era boa ou ruim, se haveria ou não comida. Sempre que sentia fome, não importa onde estivesse, fosse no campo ou na floresta, ele pegava a mesa e dizia: "Mesinha, arrume-se".

Um dia ocorreu-lhe voltar para casa do pai, cuja ira poderia ter se abrandado. Quem sabe ele o receberia bem ao ver a mesa mágica. Certa noite, a caminho de casa, ele chegou a uma estalagem cheia de hóspedes. Estes lhe deram boas-vindas e disseram-lhe que se sentasse com eles e se servisse de sua comida, pois de outro modo teria dificuldade em conseguir alguma coisa.

– De modo algum – o marceneiro respondeu. – Não vou privá-los de seu alimento. O certo é que sejam vocês os meus convidados.

Todos riram, pois achavam que ele estivesse brincando. Mas o rapaz pegou a mesa, colocou-a no meio do salão e disse:

– Mesinha, arrume-se.

Imediatamente, a mesa estava posta com comidas muito melhores que aquela servida na estalagem, e o aroma que delas se desprendia entrou pelo nariz dos hóspedes.

– Comam, bons amigos – o marceneiro disse.

Sem mais demora, os hóspedes pegaram garfo e faca e começaram a comer. O mais impressionante de tudo era que, tão logo uma travessa ficava vazia, era substituída por outra cheia. O estalajadeiro permaneceu a um canto, assistindo a tudo o que acontecia. Não sabia o que dizer. Mas pensou: "Essa comida tornaria minha estalagem próspera". O marceneiro e seus amigos se banquetearam até tarde da noite. Por fim, se retiraram, e o jovem marceneiro deixou sua mesa mágica encostada na parede. O estalajadeiro, porém, não conseguia dormir, pois estava pensando na mesa. Acabou por se lembrar de que guardara no quarto de despejo uma mesa muito parecida com aquela. Foi pegá-la e deixou-a o lugar da mesa do marceneiro. Na manhã do dia seguinte, o marceneiro pagou sua conta, pegou a mesa e seguiu seu caminho.

Mais ou menos ao meio-dia ele chegou à casa do pai, que o recebeu com enorme alegria.

– E então filho querido, o que você aprendeu? – ele perguntou.

– Agora sou marceneiro, pai.

– É um bom ofício. O que trouxe das suas viagens?

– A melhor coisa que trouxe é esta mesa, pai.

O alfaiate examinou-a por todos os lados e disse:

– Não é nenhuma obra de arte, mas uma porcaria de mesa velha.

– Mas ela é maravilhosa – o filho respondeu. – Quando eu lhe digo para se arrumar, imediatamente as carnes mais finas aparecem em cima dela, com o melhor vinho. Vamos convidar nossos amigos e nossos vizinhos para se regalar e se divertir. A mesa não deixará faltar nada.

Quando todos estavam reunidos, o rapaz pôs a mesa no centro do aposento e disse:

– Mesinha, arrume-se.

No entanto, a mesa não se mexeu e continuou vazia como todas as outras mesas que não entendem nossa língua. Ao ver aquilo, o marceneiro se sentiu um idiota. Todos riram dele e foram obrigados a voltar para casa com fome. O pai pegou suas coisas e voltou para suas roupas, e o filho foi trabalhar para outro mestre.

O segundo filho se tornara aprendiz de moleiro. Quando seu aprendizado terminou, seu mestre lhe disse:

– Como você se comportou muito bem, vou lhe dar um asno com características notáveis. Ele não puxa carroças nem carrega sacos.

– Para que serve ele, então? – perguntou o jovem aprendiz.

– Ele cospe ouro – o moleiro respondeu. – Se você puser um pano diante da boca dele e disser "Briquebrite", ele cuspirá moedas de ouro.

– Essa é uma coisa boa – o aprendiz disse.

Ele agradeceu ao mestre e saiu pelo mundo. Toda vez que queria um pouco de ouro, bastava dizer "Briquebrite" que o asno cuspia uma série de moedas. Por isso viajava tranquilo. Onde quer que estivesse, levava uma vida boa, pois seus bolsos estavam sempre cheios. E quando já estava correndo mundo havia um bom tempo, achou que era hora de rever o pai, que talvez já não sentisse mais raiva e o recebesse bem por causa do asno que cuspia ouro.

Aconteceu que ele foi parar na mesma estalagem em que a mesa do irmão mais velho tinha sido trocada. Ele levava o asno pela mão e, quando o estalajadeiro já pegava o animal para amarrá-lo, o jovem aprendiz disse:

– Não se preocupe, camarada. Eu mesmo vou levá-lo ao estábulo, assim saberei onde encontrá-lo.

O estalajadeiro achou aquilo muito estranho e nunca imaginou que um homem que se dispunha a cuidar do próprio animal tivesse dinheiro para gastar. Nesse momento, o rapaz tateou o bolso e tirou de lá duas moedas de ouro, pedindo o que preparasse um bom jantar. Espantado, o estalajadeiro correu para fazer o melhor possível. Depois do jantar, o hóspede pediu a conta. Querendo lucrar o máximo possível, o estalajadeiro disse que seriam necessárias mais duas moedas de ouro. O aprendiz enfiou a mão no bolso, mas ele estava vazio.

– Espere um minuto – o rapaz disse. – Vou pegar dinheiro – e saiu da sala, levando a toalha de mesa com ele. O estalajadeiro ficou curioso e foi atrás do rapaz. Quando este fechou a porta do estábulo atrás de si, o estalajadeiro espiou por uma fresta. Foi assim que ele viu o rapaz colocar um pano diante da boca do asno e dizer-lhe: "Briquebrite". Eram tantas moedas de ouro que o animal cuspia que elas caíam em cascata no chão.

– Por Deus! – o estalajadeiro exclamou. – Eis aí uma boa maneira de obter ducados. Uma bolsa cheia desse dinheiro não seria nada mau.

O hóspede pagou a conta e foi para a cama. O estalajadeiro da estalagem, porém, esgueirou-se até o estábulo no meio da noite, levou o asno que cuspia ouro embora e substituiu-o por um asno comum. Na manhã seguinte, bem cedo, o aprendiz de moleiro partiu com seu asno sem imaginar que levava o animal errado. Ao meio-dia ele chegou à casa do pai, que o recebeu com muita alegria.

– Que profissão você escolheu? – o alfaiate perguntou.

– Sou moleiro, querido pai.

– E o que trouxe de suas viagens:

– Apenas um asno.

– Já temos muitos asnos por aqui – o pai disse. – Você podia ter me trazido uma boa cabra.

– Mas este não é um asno qualquer. Ele é capaz de cuspir um monte de moedas de ouro. Vamos chamar os vizinhos. Vou deixá-los todos ricos.

– Isso seria ótimo – o alfaiate respondeu. – Assim eu poderia aposentar minhas agulhas.

E assim ele correu a chamar os vizinhos. Quando estavam todos reunidos, o moleiro pediu que abrissem espaço para o asno. Ele colocou um pano diante da boca do animal e disse:

– Agora prestem atenção. Briquebrite! – ele disse, mas nenhuma moeda saiu, o que mostrava que aquele asno era igualzinho aos outros.

Então o pobre moleiro fez uma cara de desapontamento quando percebeu que tinha sido enganado e pediu desculpas aos vizinhos, que tiveram de voltar para casa tão pobres quanto antes. O alfaiate precisou voltar para as agulhas, e o jovem foi trabalhar como moleiro.

O irmão caçula tornara-se aprendiz de torneiro. E como esse é um ofício difícil, ele levou muito tempo para aprendê-lo. Seu irmão lhe escrevera para contar como as coisas tinham dado errado para eles; como, na última noite da viagem antes de chegar à casa de seu pai, o estalajadeiro o roubara. Quando o rapaz terminou de aprender seu ofício e estava pronto para partir, seu mestre, para recompensar seu bom comportamento, deu-lhe um saco e disse-lhe que dentro dele havia um porrete.

– O saco pode ser muito útil – o jovem disse. – Mas de que me servirá o porrete?

– Eu vou lhe dizer – o mestre respondeu. – Se alguém lhe fizer mal, diga: "Porrete, saia do saco". O porrete vai pular para fora e acertá-los com tanta força que eles não vão conseguir se mexer por uma semana. E o porrete só vai parar se você disser: "Porrete, volte para o saco".

O aprendiz agradeceu-lhe, pegou o saco e saiu para o mundo. Quando alguém o atacava, ele dizia: "Porrete, saia do saco", e o porrete pulava para fora imediatamente e desferia uma sucessão de golpes nos malfeitores que rapidamente encerrava o assunto. Uma noite o jovem torneiro chegou à estalagem em que os irmãos tinham sido enganados. Ele colocou o saco em cima da mesa e começou a descrever todas as coisas maravilhosas que já havia visto no mundo.

– Sim – ele disse. – O senhor pode se gabar da sua mesa que se arruma sozinha e do asno que cospe ouro. Não nego que sejam coisas boas, mas elas não se comparam ao tesouro que carrego neste saco.

O estalajadeiro apurou os ouvidos. "O que poderia ser?", ele pensou. "Provavelmente o saco está cheio de pedras preciosas. E eu tenho todo o direito a elas, pois tudo que é bom vem em três."

Quando chegou a hora de dormir, o hóspede esticou-se em um banco e usou o saco como travesseiro. O estalajadeiro, quando pensou que o rapaz estivesse dormindo, puxou o saco devagarinho e pôs outro no seu lugar. O torneiro estava esperando por esse momento e gritou:

– Porrete, saia do saco!

E lá foi o porrete bater nas costas do estalajadeiro. Ele pediu clemência, mas foi em vão. Quanto mais gritava, mas forte o porrete batia. Por fim o homem caiu exausto no chão. O moleiro disse então:

– Se você não me der a mesa e o asno, a pancadaria vai recomeçar.

– Ah, não! – o estalajadeiro respondeu. – Eu lhe dou tudo o que quiser, mas faça esse demônio voltar para dentro do saco.

O jovem respondeu:

– Serei generoso em vez de justo, mas tenha cuidado. – E a seguir gritou: – Porrete, volte para o saco!

Na manhã seguinte, o torneiro partiu com a mesa e o asno para a casa do seu pai. O alfaiate ficou muito feliz de vê-lo novamente e perguntou-lhe o que tinha aprendido no estrangeiro.

– Meu querido pai – ele respondeu –, agora sou torneiro.

– Uma profissão muito boa – disse o pai. – E o que trouxe das suas viagens?

– Uma coisa muito valiosa, pai – o jovem respondeu. – Um porrete em um saco.

– Como? – o pai gritou. – Um porrete! Isso não vale grande coisa quando se pode entalhar um de um pedaço de árvore.

– Mas este não é um porrete qualquer, pai. Quando eu digo: "Porrete, saia do saco", ele começa a bater em quem estiver me prejudicando de alguma maneira e não para de modo nenhum. Com esse porrete eu recuperei a mesa e o asno que o estalajadeiro roubou dos meus irmãos. Agora permita que eles voltem e chame todos os vizinhos. Eles vão comer até se fartar, e eu vou encher o bolso deles de ouro.

O velho alfaiate não conseguia acreditar naquela história, mas chamou os filhos e os vizinhos. A seguir o torneiro trouxe o asno, colocou um pano diante da boca dele e disse ao irmão:

– Fale com ele.

O pano se encheu de moedas de ouro tão logo o moleiro disse: "Briquebrite!" Havia mais moedas do que eles conseguiam carregar. (Estou lhe contando isso porque é uma pena que você não estivesse lá.) A seguir o torneiro sentou-se à mesa e disse:

– Fale com ela, irmão.

– Mesinha, arrume-se – o irmão disse e a mesa instantaneamente foi coberta por uma toalha e deliciosas comidas.

Aquela foi a maior festa que já acontecera na casa do alfaiate, e os convivas passaram a noite ali, muito felizes.

Depois desse dia, o alfaiate trancou no armário da cozinha as suas agulhas e as suas linhas, a fita métrica e todos os outros apetrechos de costura e viveu com grande alegria e esplendor com seus três filhos.

Mas o que aconteceu com a cabra que causara a desgraça dos rapazes? Eu vou lhes contar. Ela ficou tão envergonhada da sua careca que se escondeu na toca de uma raposa. Quando a raposa voltou para sua casa e viu aqueles dois olhos encarando-a na escuridão, ficou com muito medo e fugiu. No caminho ela encontrou um urso, que lhe perguntou:

– O que aconteceu, irmã?

– Uma fera pavorosa está dentro da minha toca e me encarou com um olhar amedrontador – a raposa respondeu.

– Vamos colocá-la para fora – o urso disse.

E ele dirigiu-se à toca e espiou lá dentro, mas, quando avistou aqueles olhos ferozes, também ele sentiu grande pânico e saiu correndo.

Logo ele topou com uma abelha, que notou que ele não parecia muito corajoso e disse:

– Urso, seu semblante está sombrio. O que aconteceu?

– Uma fera pavorosa está na toca da raposa e não conseguimos desentocá-la. A abelha respondeu:

– Sei que você me despreza, urso. Sou uma criaturinha frágil, mas acho que posso ajudá-lo.

A abelha entrou voando na toca da raposa e espetou o seu ferrão na cabeça careca da cabra, que deu um pulo e saiu berrando como louca:

– Mé, mé.

E até agora ninguém sabe aonde ela foi parar.

OS DOZE IRMÃOS

ERA UMA VEZ UM REI E UMA RAINHA QUE VIVIAM JUNTOS EM HARMONIA. Eles tiveram doze filhos, todos meninos. Um dia, o rei disse à esposa:

– Se nosso décimo terceiro filho for uma menina, os doze irmãos devem morrer, para que ela fique com a maior riqueza e herde o reino inteiro sozinha.

Então o rei ordenou que se construíssem doze caixões. Em cada um foram colocadas aparas de madeira e um travesseiro. Depois disso, eles foram trancados em um quarto. O rei deu a chave à rainha e pediu que ela não contasse nada a ninguém. A rainha, porém, passou o dia em aflição, até que seu filho mais novo, que estava sempre ao lado da mãe e a quem ela tinha dado o nome bíblico de Benjamin, disse:

– Mãe querida, por que está tão triste?

– Querido filho – ela respondeu –, não ouso lhe contar.

Mas ele não deixou a mãe em paz até ela destrancar o quarto e lhe mostrar os doze caixões com as aparas e os travesseiros. Então ela disse:

– Meu querido Benjamim, seu pai ordenou que esses caixões fossem construídos para você e seus onze irmãos. Se eu der à luz uma garotinha, vocês serão mortos e enterrados neles.

Enquanto dizia essas palavras, ela chorou e seu filho a confortou, dizendo:

– Não chore, mãe querida, nós conseguiremos nos salvar e fugir para bem longe daqui.

Ela respondeu:

– Sim, fuja com seus onze irmãos. Um de vocês deve permanecer sempre de guarda no topo da árvore mais alta que encontrarem e vigiar a torre deste castelo. Se eu der à luz um menino, hastearei uma bandeira branca e vocês poderão voltar em segurança. Mas, se for uma menina, hastearei uma bandeira vermelha. Neste caso, vocês deverão fugir o mais rápido que puderem, e que Deus os proteja. Toda noite eu me levantarei e rezarei por vocês. Pedirei que no Natal vocês tenham fogo para se aquecerem e que no verão não adoeçam com o calor.

Depois disso, a rainha deu sua bênção aos filhos e eles foram para a floresta. Um após o outro os meninos se revezavam na vigia, sentados no carvalho mais alto, olhando para a torre do castelo. Após onze dias, quando chegou a vez de Benjamim, o menino viu uma bandeira ser hasteada. Mas ela não era branca, e sim vermelho-sangue. Eles estavam condenados à morte. Quando ficaram sabendo disso, os irmãos foram tomados de raiva e disseram:

– Morrer por causa de uma menina! Nós juramos vingança. Derramaremos o sangue de toda moça que encontrarmos.

Então eles se embrenharam na floresta. No meio dela, onde a escuridão era mais intensa, encontraram uma pequena casa encantada e desocupada e disseram:

– Esta será nossa moradia. Benjamim, você, que é o mais novo e o mais fraco de todos, cuidará da casa. O resto de nós sairá em busca de provisões.

Então eles adentraram a mata. Caçavam lebres, veados, pássaros, pombos e tudo o mais que servisse para comer e levavam até Benjamim para que ele cozinhasse os animais e satisfizesse a fome de todos. Assim eles viveram na pequena casa por dez anos, e o tempo pareceu passar rápido.

Enquanto isso a filha da rainha foi crescendo; a menina tinha um coração gentil e um lindo rosto, decorado por uma estrela dourada na testa. Um dia, foram lavadas muitas roupas. Vendo que entre elas se encontravam doze camisas, a menina perguntou à mãe:

– A quem pertencem essas doze camisas? Elas são muito pequenas para serem de meu pai.

Então a mãe respondeu, de coração partido:

– Filha querida, elas pertencem a seus doze irmãos.

A garota disse:

– Onde estão meus doze irmãos? Eu nunca soube deles.

E a mãe respondeu:

– Só Deus sabe por onde andam. – Então ela levou a menina até o quarto secreto e, após destrancá-lo, mostrou os doze caixões com as aparas e os pequenos travesseiros.

– Esses caixões – disse – eram destinados aos seus doze irmãos, mas eles partiram para longe quando você nasceu. – E a mãe relatou tudo o que se passara.

A menina então disse:

– Querida mãe, não chore. Eu sairei à procura de meus irmãos.

A menina levou as doze camisas e procurou por todos os cantos da grande floresta. Correu o dia e, ao anoitecer, encontrou a casa encantada. Ela entrou e viu um jovem, que perguntou:

– De onde você vem e o que deseja? – Ele se deslumbrou com sua beleza, seu traje real e a estrela em sua testa. Então a moça respondeu:

– Eu sou filha de um rei, procuro meus doze irmãos e vasculharei a terra toda até encontrá-los. – E mostrou as doze camisas que pertenciam a eles. Então Benjamim percebeu que aquela era sua irmã e disse:

– Meu nome é Benjamim e sou seu irmão mais novo.

Ela e Benjamin começaram a chorar de alegria, beijaram-se e contemplaram um ao outro com imenso amor. Depois de um momento, ele disse:

– Querida irmã, ainda há um obstáculo. Nós juramos que qualquer moça que encontrássemos deveria morrer, já que foi por causa de uma menina que precisamos deixar nosso reino.

Então ela disse:

– Eu morrerei de bom grado se com isso meus doze irmãos se beneficiarem.

– Não – respondeu ele. – O pior não lhe acontecerá. Sente-se embaixo desse barril até que os outros onze irmãos cheguem. Eu conversarei com eles. – A irmã fez como ele pediu. No meio da noite eles voltaram da caçada, e o jantar estava pronto. Sentados à mesa, eles perguntaram:

– Alguma novidade?

Ao que Benjamim respondeu:

– Vocês não têm nenhuma?

– Não – responderam.

Então ele disse:

– Vocês foram para a floresta, e eu fiquei em casa e ainda assim sei mais que vocês.

– Conte-nos! – exclamaram.

Benjamim respondeu:

– Prometam que a primeira moça que avistarmos não será sacrificada.

– Sim, prometemos – gritaram todos. – Ela terá nossa piedade. Agora conte-nos.

Então ele disse:

– Nossa irmã está aqui.

Benjamim levantou o barril, e a filha do rei apareceu em seu traje real e com a estrela dourada na testa. Era tão bela, tão delicada e doce que todos se encheram de júbilo, beijaram-na e amaram-na de todo o coração.

Depois disso, ela passou a fazer companhia a Benjamim, ajudando-o com o trabalho na casa. Os outros iam até a floresta caçar animais selvagens, pombos e outros pássaros que servissem de alimento para todos eles, enquanto Benjamin e a irmã cuidavam para que tudo ficasse pronto para a chegada dos irmãos. Ela trazia legumes e a madeira para cozinhá-los e olhava as panelas no fogo de modo que o jantar estivesse sempre pronto na hora certa. Também mantinha a casa em extraordinária ordem; as camas estavam sempre impecavelmente brancas e limpas, e os irmãos estavam contentes e viviam em harmonia.

Certo dia os dois mais novos prepararam um grande banquete. Quando estavam todos reunidos, eles sentaram, comeram e beberam, cheios de contentamento. Agora havia um pequeno jardim que fazia parte da casa encantada e nele cresciam doze lírios. Com a intenção de agradar aos irmãos, a moça foi buscar as doze flores para entregar uma para cada um deles quando se sentassem para comer. Mas assim que ela arrancou as flores, os irmãos foram transformados em doze corvos. Sobrevoando a floresta, eles partiram para muito longe dali. A casa encantada e o jardim também desapareceram. A pobre moça ficou só na mata selvagem, mas, olhando ao redor, viu uma velha, que disse:

– Minha criança, o que foi que você fez? Por que não deixou as doze flores como estavam? Elas simbolizavam seus irmãos, que agora viraram corvos para sempre.

A moça disse, chorando:

– Não há algum modo de libertá-los?

– Não – disse a velha. – Não há neste mundo nenhum modo, exceto um, mas ele é difícil. O único modo de libertá-los é você ficar muda por sete anos. Você não poderá falar nem rir. Se disser uma única palavra, mesmo que falte apenas uma hora para completar os sete anos de silêncio, tudo terá sido em vão e seus irmãos morrerão.

Então a moça pensou: "Tenho certeza absoluta de que conseguirei libertar meus irmãos". Depois subiu em uma árvore alta, na qual sentou-se, e parou de falar e rir. Acontece que um rei caçava na floresta acompanhado por um grande cão, e este correu para a árvore em que a moça se encontrava, avançou para cima dela e latiu ruidosamente. O rei se aproximou e, vendo a bela princesa com a estrela dourada na testa, ficou tão encantado com sua beleza que suplicou que ela se tornasse sua esposa. Ela não respondeu, apenas acenou levemente a cabeça. Então ele subiu na árvore e trouxe a princesa para o chão, colocou-a em seu cavalo e levou-a para casa. O casamento foi realizado com muito esplendor e alegria, mas a noiva não falava nem sorria. Após eles viverem bem por alguns anos, a mãe do rei, uma mulher malévola, começou a difamar a jovem rainha e disse ao filho:

– Ela é apenas uma pedinte que você acolheu. Quem pode adivinhar que artimanhas perversas ela está tramando? Mesmo que seja muda de verdade e não possa falar, ela poderia pelo menos rir. A ausência de risada é sinal de uma consciência má.

No início o rei não acreditou em nenhuma só palavra, mas a velha o atormentou tanto e disse tantas coisas ruins que ele finalmente se deixou persuadir e condenou a rainha à morte.

Uma grande fogueira queimava no pátio para a morte da rainha. Da janela o rei observava tudo com lágrimas nos olhos, pois gostava muito dela. Quando a rainha estava pronta, amarrada à estaca, e o fogo já lambia com línguas escarlates o seu traje, completaram-se os sete anos de silêncio. Então ouviu-se um som de farfalhar no ar e doze corvos se aproximaram voando. No instante em que tocaram o solo, eles se transformaram nos doze irmãos que ela havia perdido. Eles se precipitaram no fogo, apagaram as chamas e libertaram sua querida irmã, beijando-a e consolando-a. E agora que podia se arriscar a falar, ela contou ao rei a razão de sua mudez e por que nunca havia dado uma risada. O rei se alegrou ao saber de sua inocência, e eles viveram juntos e felizes até o fim da vida.

Já a malévola sogra ficou muito triste e morreu infeliz.

O PESCADOR E SUA ESPOSA

Era uma vez um pescador e sua esposa, que moravam juntos em um casebre à beira-mar. Todo dia o pescador saía, levando linha e anzol para fisgar um peixe, e pescava e pescava. Um dia, ficou longo tempo sentado com sua vara de pescar, olhando para a água límpida. Finalmente a linha foi puxada para o fundo do mar e, ao trazê-la de volta, o pescador encontrou um grande linguado no anzol. O peixe lhe disse:

– Pescador, ouça-me. Solte-me, pois não sou um peixe de verdade, mas sim um príncipe enfeitiçado. Que proveito você fará se me pescar? O sabor de minha carne não será bom. Então me devolva à água e me deixe nadar para longe.

– Bem – disse o pescador –, não há necessidade de tanto falatório. Como você pode falar, prefiro deixá-lo nadar para longe.

Assim, para a água límpida ele devolveu o linguado, que foi para o fundo do mar, deixando um longo rastro de sangue atrás de si. Então o pescador se levantou e foi ao encontro da esposa em seu casebre.

– Marido – disse a esposa –, pescou algo hoje?

– Não – respondeu o homem. – Quer dizer, eu pesquei um linguado, mas, como ele disse ser um príncipe enfeitiçado, eu preferi devolvê-lo ao mar.

– E você não fez nenhum pedido?

– Não. O que eu deveria pedir?

– Oh, Deus – disse a esposa. – É tão terrível viver neste casebre fedorento! Você poderia ter pedido um chalezinho. Volte ao mar e chame-o. Diga a ele que desejamos um chalezinho, e garanto que ele nos dará. Vá logo.

Quando o pescador voltou, o mar estava tingido de verde e amarelo e não estava mais límpido. Ele disse:

Ó homem, ó homem – se homem você é
Ou apenas um linguado a nadar contra a maré?
Minha esposa adorável, porém muito cansativa,
Quer de mim tudo aquilo de que se acha desprovida.

Então o linguado nadou até a superfície e perguntou:

– O que ela deseja?

– Minha esposa acha que eu deveria ter feito um pedido quando o devolvi ao mar. Ela não quer mais morar no casebre e prefere viver em um chalé.

– Pode ir embora – disse o linguado. – Ela já o tem.

Então o homem foi para casa e, em vez do casebre, encontrou um chalezinho e a esposa sentada em um banco na entrada da casa. Ela o tomou pela mão e disse:

– Entre e veja se esta não é uma grande melhora.

Então eles entraram. Havia uma pequena sala, um quarto pequeno e bonito, cozinha e despensa com toda sorte de equipamentos, com um ferro e utensílios de bronze da melhor qualidade. Nos fundos havia um pequeno quintal com patos e galinhas e um pomar cheio de frutas e legumes.

– Veja – disse a esposa, – não é agradável?

– Sim – disse o homem. – Se isso durar, seremos muito felizes.

– Veremos – disse a esposa.

E deitaram-se após o jantar.

Tudo correu bem por cerca de uma ou duas semanas. Então a esposa disse:

– Veja bem, marido, o chalé é muito apertado, e o quintal e o pomar são pequenos demais. Acho que o linguado poderia nos arranjar uma casa maior. Gostaria muito de viver em um grande castelo de pedra. Então vá ao encontro do peixe e ele nos dará o castelo.

– Querida esposa – disse o homem –, o chalé é bom o bastante. Para que precisamos de um castelo?

– Nós queremos um – insistiu a esposa. – Vá até ele. O linguado pode nos dá-lo.

– Mulher – disse o homem –, o linguado nos deu o chalé. Não quero visitá-lo novamente, ele pode se irritar.

– Vá! – ordenou ela. – Ele pode realizar nosso desejo ou não. Faça o que eu mando!

O homem ficou muito relutante e indisposto para seguir aquela ordem. Então pensou: "Essa não é a coisa certa a fazer". Mesmo assim, ele foi. Quando chegou à beira-mar, a água tinha as colorações roxa, azul-marinho e cinza e estava espessa, não verde e amarela como antes. Ele disse:

Ó homem, ó homem – se homem você é
Ou apenas um linguado a nadar contra a maré?
Minha esposa adorável, porém muito cansativa,
Quer de mim tudo aquilo de que se acha desprovida.

– O que ela quer? – perguntou o linguado.

– Oh – disse o homem, um pouco amedrontado –, ela quer morar em um grande castelo de pedra.

– Pode ir embora. Ela já se encontra em frente à porta – disse o linguado.

Então o homem foi para casa, como imaginava, mas quando chegou lá um grande castelo de pedra tinha tomado o lugar do pequeno chalé, e sua esposa estava em pé nos degraus, pronta para entrar. Ela tomou-o pela mão e disse:

– Venha.

O castelo tinha um grande saguão com piso de mármore e contava com muitos empregados, que os conduziram através de grandes portas. Os cômodos tinham mesas e madeiras douradas e lustres de cristal dependurados do teto. E todos os quartos tinham tapetes. As mesas estavam repletas de comida e do melhor vinho para quem quisesse beber. E na parte de trás da casa havia um grande estábulo para gado e cavalos, e as melhores carruagens. Além de tudo isso, havia um grande e esplêndido pomar, com as flores mais bonitas e as melhores árvores frutíferas, e um terreno de quase um quilômetro, com veados, bois e carneiros e tudo o que um coração poderia desejar.

– Então – disse a esposa –, não é lindo?

– Oh, sim – disse o homem. – Se isso durar, poderemos viver neste belo castelo e ser muito felizes.

– Veremos – disse a esposa. – Enquanto isso vamos dormir.

E então eles foram para a cama. Na manhã seguinte, a esposa acordou primeiro, ao raiar do dia, e de sua cama avistou o lindo campo ao redor. O homem não notou nada disso, então ela lhe deu uma leve cotovelada e disse:

– Marido, levante-se e olhe pela janela. Imagine se pudéssemos reinar sobre toda essa terra. Vá até o peixe e diga a ele que desejamos reinar.

– Esposa, para que reinar? Eu não quero ser rei.

– Bem – disse a esposa –, se você não quer ser rei, então eu o serei.

– Mas, mulher – disse o homem –, por que você quer ser rei? Não posso fazer tal pedido ao peixe.

– Por que não? Você tem de ir. Eu preciso ser rei.

Então o homem foi, irritado por sua esposa desejar reinar.

"Essa não é a coisa certa a fazer. Não mesmo", pensou o homem. Ele não queria ir de modo nenhum, mas mesmo assim foi. Quando chegou ao mar, a água tinha uma coloração cinza-escuro e um odor repulsivo, e a maré subia rápido. Ele disse:

Ó homem, ó homem – se homem você é
Ou apenas um linguado a nadar contra a maré?
Minha esposa adorável, porém muito cansativa,
Quer de mim tudo aquilo de que se acha desprovida.

– O que ela quer? – perguntou o peixe.

– Oh, Deus! – exclamou o homem. – Ela quer ser rei.

– Vá embora. Ela já é rei – disse o peixe.

Então o homem foi embora e quando chegou ao castelo notou que ele estava muito maior, tinha imensas torres e esplêndidos portões. O arauto estava diante da porta, junto de vários soldados com tambores e trombetas. Quando o homem entrou, viu que tudo era feito de ouro e mármore, e havia várias cortinas com bonitas borlas douradas. Ele caminhou em direção à sala do trono, e lá estava sua esposa sentada em um trono de ouro e diamantes. Ela usava uma grande coroa dourada e segurava um cetro feito de joias e ouro puro. À sua esquerda e à sua direita encontravam-se dispostos seis escudeiros enfileirados, cada um mais baixo que o anterior. Então o homem foi até ela e disse:

– Agora você é rei!

– Sim – ela disse –, agora eu sou rei.

Ele olhou para a esposa e, após observá-la por um tempo, disse:

– Bem, mulher, você deve estar satisfeita como rei! Agora não há mais nada a desejar.

– Oh, marido! – ela disse, parecendo muito inquieta. – Já estou cansada disto! Vá até o peixe e diga que, agora que sou rei, quero ser imperador.

– Mas por que você quer ser imperador?

– Marido – ela respondeu –, vá e diga ao peixe que quero ser imperador.

– Oh, Deus – disse o homem. – Ele não pode fazer isso. Não posso levar tal pedido a ele. Há apenas um imperador por vez. O peixe não pode, com toda certeza, tornar alguém imperador.

– Escute – disse a esposa. – Eu sou rei, e você é apenas meu marido, então vá logo. Vá! Ele pôde me fazer rei, então poderá me fazer imperador. Eu preciso, e vou, ser imperador, então vá de uma vez!

Então o homem foi obrigado a ir. Enquanto caminhava sentia-se muito desconfortável e pensou consigo mesmo: "Essa não é mesmo a coisa certa a fazer. Querer ser imperador é ir longe demais. Logo o linguado começará a ficar cansado disso". Quando chegou ao mar, a água estava muito preta e espessa. O vento soprava, a espuma voava, e o homem ficou apavorado. Mas disse:

Ó homem, ó homem – se homem você é
Ou apenas um linguado a nadar contra a maré?
Minha esposa adorável, porém muito cansativa,
Quer de mim tudo aquilo de que se acha desprovida.

– O que é agora? – disse o peixe.

– Oh, Deus – disse o homem. – Minha esposa quer ser imperador.

– Pode ir embora – disse o peixe. – Ela já é imperador.

Então o homem foi para casa e encontrou o castelo adornado com mármore polido, esculturas de alabastro e portões dourados. Soldados marchavam diante da porta ao som de trombetas, pratos e tambores. Quando entrou no castelo o homem viu barões, condes e duques esperando como se fossem empregados. E as portas eram feitas de ouro reluzente. Ele viu a esposa sentada em um trono com mais de três metros de altura e feito de um pedaço maciço de ouro. Ela usava uma grande coroa dourada, que media cerca de dois metros e era adornada com brilhantes e pedras preciosas. Segurava o cetro em uma mão e o globo imperial na outra. À sua esquerda e à sua direita encontravam-se escudeiros enfileirados, dispostos segundo sua altura, de um gigante de mais de três quilômetros a um anão do tamanho do meu dedo mindinho. À sua frente encontravam-se condes e duques. Então o homem foi até ela e disse:

– Então agora você é imperador.

– Sim – disse ela –, agora sou imperador.

Então ele sentou, observou-a com atenção e disse:

– Bem, não lhe falta mais nada agora que você é imperador.

– Do que você está falando, marido? – disse ela. – Eu sou imperador e serei papa! Então vá dizer isso ao peixe!

– Oh, Deus – disse o homem. – Há algo no mundo que você não queira? Você não pode ser papa. Há apenas um papa na cristandade, e não há como o peixe mudar isso.

– Marido – disse ela –, já chega. Eu preciso, e vou, ser papa. Então vá ao encontro do peixe.

– Mas, mulher – ele respondeu –, como posso fazer tal pedido ao linguado? É pedir demais. E, além disso, ele não poderia realizar seu desejo.

– Bobagem! – disse a esposa. – Se ele pôde fazer de mim imperador, poderá fazer de mim papa. Eu sou imperador, e você é apenas meu marido, então vá logo.

O homem foi, sentindo-se aterrorizado. Ele tremia, e seus joelhos fraquejaram. Então veio um vento forte, as nuvens se agitaram e ficaram cinza-escuro, o mar inquietou-se, formando ondas gigantes, navios foram arrastados. O céu estava divido por uma faixa azulada no meio, e cada um de seus lados estava pintado de vermelho-escuro, como acontece em uma forte tempestade. O pescador sentiu-se muito desalentado, permaneceu em pé, tremendo, e disse:

Ó homem, ó homem – se homem você é
Ou apenas um linguado a nadar contra a maré?
Minha esposa adorável, porém muito cansativa,
Quer de mim tudo aquilo de que se acha desprovida.

– O que é agora? – perguntou o peixe.

– Oh, Deus – disse o homem. – Ela quer ser papa.

– Pode ir embora. Ela já é papa.

Então o pescador foi para casa e se viu diante de uma grande igreja circundada por palácios. Ele precisou abrir espaço entre a multidão. Quando conseguiu entrar, viu que o lugar estava iluminado por milhares e milhares de luzes. Sua esposa vestia um traje dourado e sentava em um trono muito alto, usando três coroas douradas, todas elas de acordo com a maior pompa clerical. À sua esquerda e à sua direita encontravam-se fileiras de luzes de todos os tamanhos, da menor à mais alta vela, e os imperadores e os reis estavam ajoelhados diante dela, beijando seu pé.

– Bem, mulher – disse o homem –, então você é papa.

– Sim – ela respondeu –, agora sou papa!

E ele continuou fitando a mulher até sentir tontura, como se estivesse sentado sob o sol. Após alguns minutos, disse:

– Bem, mulher, o que lhe falta agora que já é papa?

Ela se endireitou, muito rija e inflexível, mas não respondeu.

O homem perguntou de novo:

– Espero que você esteja satisfeita em ser papa. Você não pode se tornar mais nada.

– Veremos – disse a esposa, antes de irem dormir.

Ela, porém, estava longe de se sentir satisfeita e não conseguia dormir. Ficou pensando no que gostaria de ser em seguida. O marido, contudo, dormiu rápido após o dia cansativo. Mas a esposa se revirou na cama a noite inteira, pensando no que poderia se tornar, mas não atinava com nada. Ao ver o dia raiar, ela se levantou da cama e sentou à janela. Enquanto o sol nascia, disse:

– Já sei! E se eu fizesse subir ao céu o sol e a lua? Marido! – ela gritou e deu-lhe uma cotovelada. – Acorde e vá encontrar seu peixe. Diga-lhe que desejo controlar o sol e a lua.

O homem estava tão sonolento que caiu da cama quando tentou se levantar. Depois se endireitou, abriu os olhos e perguntou:

– O que disse?

– Marido, se eu não puder fazer com que o sol e a lua subam ao céu quando eu assim desejar, nunca terei sossego na vida. Encontre o peixe e diga isso a ele.

O homem se ajoelhou diante dela.

– O peixe não pode fazer isso por você. Ele já a tornou imperador e papa. Fique satisfeita com isso, eu imploro.

Tomada por uma impaciência feroz, a mulher gritou:

– Não posso esperar mais. Vá agora!

Então ele foi, assustado. E uma tempestade tão terrível se formou que ele precisou se segurar para não cair. Casas e árvores foram derrubadas, montanhas estremeceram e rochas caíram no mar. O céu estava muito preto, com trovões e relâmpagos. Coroadas pela espuma, as ondas, de tão altas, quase chegavam ao céu. Então ele gritou, sem conseguir ouvir as próprias palavras:

Ó homem, ó homem – se homem você é
Ou apenas um linguado a nadar contra a maré?
Minha esposa adorável, porém muito cansativa,
Quer de mim tudo aquilo de que se acha desprovida.

– O que é agora? – disse o linguado.

– Oh, Deus – disse o homem. – Ela quer governar o sol e a lua.

– Pode ir embora! – disse o linguado. – Você a encontrará no velho casebre.

E lá eles estão sentados até o dia de hoje.

CHAPEUZINHO VERMELHO

ERA UMA VEZ UMA GAROTINHA DOCE, MUITO AMADA POR TODOS, MAS principalmente por sua avó, que não sabia o que mais fazer para agradá-la. Certo dia ela mandou à neta uma capa com capuz feita de veludo vermelho. A menina adorou o presente e não tirava a capa nunca, por isso as pessoas começaram a chamá-la de Chapeuzinho Vermelho. Um dia sua mãe lhe disse:

– Chapeuzinho, aqui estão alguns bolinhos e uma garrafa de vinho para você levar para a vovó. Ela está doente e fraca, e isso lhe fará bem. Apresse-se e vá antes que fique quente demais. Tenha modos e não corra, pois você pode cair e quebrar a garrafa de vinho. E, quando entrar em seu quarto, não se esqueça de dar um bom-dia em vez de ficar muda como uma estátua.

– Tomarei cuidado – Chapeuzinho Vermelho respondeu.

Mas a avó vivia longe, na floresta, a meia hora de distância da aldeia. Quando chegou à floresta, Chapeuzinho Vermelho encontrou o lobo, mas, como não sabia que ele era mau, não teve medo.

– Tenha um bom dia, Chapeuzinho Vermelho – ele disse.

– Muito obrigada, lobo – ela respondeu.

– Para onde você está indo tão cedo, Chapeuzinho?

– Para a casa da minha vovó.

– O que você está carregando embaixo do avental?

– Vinhos e bolinhos. Nós fizemos ontem. A minha vovó está muito fraca e doente, e eles farão bem a ela e a deixarão mais forte.

– Onde sua vovó mora, Chapeuzinho?

– A quinze minutos daqui. Ao pé dos três carvalhos, perto das aveleiras – ela explicou.

O lobo pensou: "Essa carne macia daria uma refeição deliciosa e seria mais apetitosa que a velha. Preciso dar um jeito de pegar as duas". Então ele acompanhou Chapeuzinho Vermelho e disse:

– Chapeuzinho, olhe que lindas as flores que crescem ao seu redor! Ouça os pássaros cantando! Você anda apressada, como se estivesse indo para a escola, mas você está em uma floresta encantadora!

A garota olhou a seu redor e, ao ver os raios de sol atravessando os galhos das árvores e as adoráveis flores, pensou: "Se eu levasse um ramalhete de flores para a minha vovó, ela ficaria muito contente, e ainda é cedo, então não me atrasaria". Assim, ela começou a procurar flores. Como sempre que colhia uma flor via outra mais longe, adentrava cada vez mais a floresta. Enquanto isso, o lobo foi para a casa da vovó e bateu à porta:

– Quem é? – a vovó perguntou.

– Chapeuzinho Vermelho – o lobo respondeu. – Eu trouxe bolo e vinho. Por favor, abra a porta.

– Destranque o ferrolho – gritou a vovó. – Estou muito fraca para me levantar.

O lobo destrancou o ferrolho e, assim que a porta se abriu, jogou-se sobre a vovó e a almoçou sem dizer nada. Depois, vestiu suas roupas e seu chapéu, deitou-se em sua cama e fechou as cortinas.

Enquanto isso, Chapeuzinho Vermelho corria entre as flores e, quando havia colhido tantas flores quanto podia carregar, lembrou-se da vovó e foi ao seu encontro. Chegando lá, ficou surpresa por encontrar a porta aberta. Ao entrar, sentiu-se muito estranha e pensou: "Nossa! Como me sinto mal... mas de manhã eu estava tão animada para ver a vovó!"

– Bom dia – Chapeuzinho Vermelho disse, mas não recebeu resposta. Então ela foi até a cama e abriu as cortinas. A vovó estava deitada, com os olhos cobertos por um chapéu, e parecia muito estranha. – Vovó, que orelhas grandes você tem!

– São para ouvir melhor.

– Vovó, que olhos grandes você tem!

– São para ver melhor.

– Vovó, que mãos grandes você tem!

– São para abraçar melhor.

– Mas, vovó, que boca imensa você tem!

– É para devorar melhor!

E assim que disse isso o lobo pulou da cama e engoliu a pobre Chapeuzinho Vermelho. Saciado, ele se deitou na cama, adormeceu e começou a roncar muito alto. O caçador o ouviu ao passar pela casa e pensou: "Como essa velha ronca! É melhor eu ver se ela está bem". Ele entrou no quarto, aproximou-se da cama e viu o lobo deitado.

– Finamente o encontrei, seu velho diabo! – disse o caçador. – Já faz tempo que o estou procurando.

O caçador concluiu que o lobo havia engolido a vovó e que ela ainda poderia ser salva. Por isso não atirou no lobo, mas pegou uma tesoura e começou a cortar o corpo do animal. Depois de algumas tesouradas, Chapeuzinho Vermelho apareceu. Com mais alguns cortes ela pulou para fora e gritou:

– Oh, Deus, quanto medo passei! É tão escuro dentro do lobo!

Depois saiu a vovó, viva e bem. Rapidamente, Chapeuzinho Vermelho pegou algumas pedras grandes, com as quais encheu a barriga do lobo. Assim, quando ele acordasse e tentasse fugir, as pedras o fariam cair morto.

Os três ficaram muito satisfeitos. O caçador tirou a pele do lobo e levou-a para casa. A vovó comeu os bolinhos, bebeu o vinho e ficou bem novamente, e Chapeuzinho Vermelho prometeu a si mesma que nunca mais voltaria à floresta sozinha e que ouviria os conselhos da mãe.

Também é preciso contar como, alguns dias depois, quando Chapeuzinho Vermelho levava bolos para a casa da vovó mais uma vez, outro lobo falou com ela, tentando desviá-la de seu caminho. Mas dessa vez ela estava alerta, então continuou seu caminho e contou à avó que o lobo passara por ela e lhe desejara um bom-dia, mas que havia tanta maldade em seus olhos que ela pensou que ele a teria devorado se não estivessem na estrada.

– Venha – disse a vovó. – Vamos fechar a porta para que ele não possa entrar.

Pouco depois, o lobo bateu à porta, gritando:

– Abra a porta, vovó! Sou eu, Chapeuzinho Vermelho, e trago bolinhos.

Elas, porém, ficaram quietas e não abriram a porta. Então, furtivamente, o lobo foi até o telhado esperar o momento de Chapeuzinho Vermelho voltar para casa, à noite. Ele pretendia pular em cima da menina e devorá-la na escuridão, mas a vovó descobriu o plano. Na frente da casa havia uma grande tina de pedra, e ela disse à neta:

– Chapeuzinho, cozinhei salsichas ontem. Pegue a panela com a água em que elas foram cozidas e jogue-a na tina.

Chapeuzinho Vermelho obedeceu à vovó. A tina ficou cheia, e, quando o lobo sentiu o aroma das salsichas, ele esticou tanto o pescoço para cheirá-las que perdeu o equilíbrio e escorregou do telhado direto na tina, na qual se afogou. Então Chapeuzinho Vermelho voltou para casa muito contente, sã e salva.

A AMOREIRA

Muito tempo atrás, talvez há mais de dois mil anos, havia um homem rico casado com uma bela e devota mulher. Os dois se amavam muito e não tinham filhos, embora os quisessem intensamente. Por isso a esposa rezava dia e noite por um rebento. No pátio em frente de sua casa erguia-se uma amoreira. Em um dia de inverno a esposa estava ao lado dela, descascando uma maçã, e cortou o dedo, derramando sangue sobre a neve.

– Ah – disse a mulher, com um suspiro profundo, enquanto olhava o sangue. – Se eu pudesse ter uma criança vermelha como o sangue e branca como a neve!

E assim que disse essas palavras seu coração ficou mais leve e ela teve a certeza de que seu desejo seria realizado. Então ela voltou para casa. Passado um mês, a neve havia cessado. Dois meses depois a paisagem estava verde. Depois de três meses brotaram flores. Após quatro meses as árvores estavam carregadas de folhas, com galhos entrelaçados de forma cerrada. Os passarinhos começaram a cantar, ecoando na floresta, e as flores caíram das árvores. Depois do quinto mês a mulher foi até a amoreira, e a árvore desprendia um aroma tão doce que seu coração bateu forte e ela se ajoelhou de alegria. Depois do sexto mês, os frutos eram numerosos e estavam bons, e a mulher permaneceu imóvel. No sétimo mês ela recolheu as amoras, comeu-as avidamente e ficou doente e pesarosa. E depois do oitavo mês ela chamou o marido e disse, chorando:

– Se eu morrer, enterre-me embaixo da amoreira.

Então ela sentiu-se aliviada e feliz até que o nono mês passou, quando deu à luz uma criança branca como a neve e vermelha como o sangue. Ao vê-la, a mãe ficou tão alegre que morreu.

O marido enterrou-a embaixo da amoreira e chorou, magoado. Depois do luto pela perda da esposa, ele tomou outra mulher para si.

Sua segunda esposa deu à luz uma menina, e o filho de seu primeiro casamento era um menino vermelho como o sangue e branco como a neve. Quando olhava para a filha, a mulher sentia um grande amor, mas, quando olhava para o garotinho, pensamentos perversos invadiam seu coração, dizendo-lhe que todo o dinheiro do marido poderia ficar para a filha e que o menino era um obstáculo. Assim, ela começou a odiá-lo e lhe dava um tapa aqui, um beliscão ali, de forma que a criança não tinha sossego. Quando voltava da escola, não tinha paz em casa.

Um dia, quando a mulher subiu para o quarto, sua filhinha a seguiu e disse:

– Mamãe, dê-me uma maçã.

– Sim, minha filha – disse a mãe, dando a ela uma suculenta maçã que pegara do baú, o qual era fechado por uma pesada tampa e uma grande fechadura de ferro.

– Mamãe – disse a garotinha –, meu irmão não vai ganhar uma também?

A mãe esperava que a garota dissesse isso e respondeu:

– Sim, quando ele voltar da escola.

E quando ela avistou pela janela o menino chegando, um pensamento perverso cruzou sua mente. Ela arrancou a maçã da mão da filha, dizendo:

– Você só poderá comer depois do seu irmão.

Então jogou a maçã no baú, fechando-lhe a tampa. Quando o garotinho entrou, ela disse, com uma voz suave, mas um olhar perverso:

– Meu filho, quer uma maçã?

– Mamãe – disse o menino –, você não parece nada bem! Sim, quero a maçã!

Então ela disse, suavemente como antes, enquanto segurava a tampa do baú:

– Venha cá e pegue uma.

E quando o garoto se inclinou sobre o baú aberto, a tampa caiu sobre seu pescoço, decapitando-o, e sua cabeça rolou entre as maçãs vermelhas. Então a mulher sentiu imenso terror e pensou em uma maneira de se livrar da culpa. Foi até a cômoda e apanhou um lenço branco da gaveta mais próxima, com o qual amarrou a cabeça do garoto ao corpo, de maneira que nada pudesse ser percebido. Depois, sentou-o em uma cadeira em frente à porta e o fez segurar uma maçã.

Então a pequena Maria entrou na cozinha procurando pela mãe, que estava em frente ao fogo, mexendo uma panela de água quente.

– Mamãe – disse Maria –, meu irmão está sentado em frente à porta e está muito pálido. Eu pedi que me desse uma maçã, mas ele não me respondeu. Isso está muito estranho.

– Volte lá – disse a mãe – e, se ele não lhe responder de novo, dê um tapa em sua cabeça.

Então Maria fez o que a mãe ordenara:

– Irmão, dê-me uma maçã.

Mas como ele não respondia, ela deu um tapa em sua cabeça, que caiu. Assustadíssima, Maria começou a chorar e a gritar. Correndo ao encontro da mãe, ela disse:

– Mamãe! Eu arranquei a cabeça dele! – e chorava e gritava sem parar.

– Maria! – a mãe exclamou. – O que você fez? Mas não diga nada a ninguém. Não há nada a se fazer agora. Vamos tirá-lo do caminho sem problemas.

Quando chegou e sentou-se à mesa, o pai perguntou:

– Onde está meu filho?

A mulher continuou enchendo um grande prato com um caldo escuro, e Maria chorava amargamente, sem conseguir se conter. O pai repetiu a pergunta:

– Onde está meu filho?

– Ele foi para o campo se hospedar na casa do tio-avô por um tempo – a mulher respondeu.

– Por que ele foi? – disse o pai. – E sem se despedir de mim!

– Ah, ele queria muito ir e pediu que eu o deixasse ficar lá durante seis semanas. Ele será bem cuidado.

– Por Deus! – disse o pai. – Estou muito triste com isso. Não foi certo da parte dele ir embora sem se despedir de mim. Maria, por que você está chorando? Seu irmão vai voltar.

Depois de comer um pouco, ele disse:

– Mulher, a comida está muito boa. Sirva-me um pouco mais.

E quanto mais comia, mais ele queria comer, até que devorou tudo e jogou os ossos embaixo da mesa. Maria foi até sua cômoda e pegou um de seus melhores lenços na gaveta de baixo. Então recolheu todos os ossos que o pai tinha deixado embaixo da mesa, guardou-os no lenço e saiu pela porta chorando. Ela colocou os ossos na grama embaixo da amoreira e imediatamente seu coração ficou mais leve e ela parou de chorar. A amoreira começou a balançar para frente e para trás, e seus galhos se aproximavam e se distanciavam uns dos outros, como se estivesse batendo palmas de tanta alegria. Então uma nuvem se ergueu da árvore, e no meio da nuvem apareceu fogo, e do fogo surgiu um lindo pássaro que voou alto no céu, com um belo e doce cantar. Quando o pássaro voou, a amoreira voltou ao que era antes, mas o lenço cheio de ossos havia desaparecido. Maria se sentiu contente e agora seu coração estava leve, como se seu irmão estivesse vivo. A menina voltou alegremente para casa e jantou.

O pássaro pousou no telhado da casa de um ourives e começou a cantar:

Minha mãe me assassinou
Minha carne meu pai comeu
E Maria, à sua maneira,
Me enterrou na amoreira.
Piu, piu, piu, digo devagarinho,
Sou eu o lindo passarinho.

O ourives estava sentado em sua loja, fabricando uma corrente de ouro. Quando ouviu o pássaro que cantava em seu telhado, foi procurá--lo, mas, ao passar pela soleira da porta, perdeu um dos chinelos. Ele foi para a rua com o chinelo em um pé e apenas a meia em outro, vestindo seu avental, com a corrente de ouro em uma das mãos e pinças na outra. E assim ficou sob o sol, olhando o pássaro.

– Passarinho – ele disse –, você canta tão bonito! Cante de novo essa canção.

– Não – disse o pássaro. – Eu não canto de graça duas vezes. Se você me der essa corrente de ouro eu cantarei de novo.

– Muito bem – disse o ourives. – Aqui está a corrente. Agora cumpra o que prometeu.

Então o pássaro pegou a corrente de ouro com a garra direita, empoleirou-se na frente do ourives e cantou:

Minha mãe me assassinou
Minha carne meu pai comeu
E Maria, à sua maneira,
Me enterrou na amoreira.
Piu, piu, piu, digo devagarinho,
Sou eu o lindo passarinho.

Depois ele voou na direção de um sapateiro, pousou em seu telhado e cantou:

Minha mãe me assassinou
Minha carne meu pai comeu
E Maria, à sua maneira,
Me enterrou na amoreira.
Piu, piu, piu, digo devagarinho,
Sou eu o lindo passarinho.

Quando o sapateiro o escutou, correu para a rua em mangas de camisa e olhou para o telhado da casa, com as mãos protegendo os olhos do sol.

– Passarinho – disse ele –, você canta tão bonito!

Então gritou para dentro de casa:

– Mulher, venha cá. Há aqui um lindo passarinho a cantar. Ouça!

Então ele chamou a filha, todos os filhos e conhecidos, tanto rapazes quanto moças, e eles foram à rua e observaram o pássaro, notando como ele era belo com suas penas vermelhas e verdes, uma coloração dourada no pescoço e os olhos piscando como estrelas.

– Passarinho – disse o sapateiro –, cante de novo essa canção.

– Não – disse o pássaro. – Eu não canto de graça duas vezes. Você precisa me dar algo em troca.

– Mulher – disse o homem –, vá até a loja. Na última prateleira há um par de sapatos vermelhos. Traga-os aqui.

A esposa foi até a loja e trouxe os sapatos.

– Passarinho – disse o homem –, agora cante-nos aquela canção outra vez.

Então o pássaro pegou os sapatos com a garra esquerda, voltou ao telhado e cantou:

Minha mãe me assassinou
Minha carne meu pai comeu
E Maria, à sua maneira,
Me enterrou na amoreira.
Piu, piu, piu, digo devagarinho,
Sou eu o lindo passarinho.

Quando terminou, ele voou, carregando a corrente na garra direita e os sapatos na esquerda. Então chegou a um moinho, que fazia *clip-clep, clip-clep, clip-clep*. Lá vinte homens talhavam a pedra do moinho, que fazia *ric-rec, ric-rec, ric-rec*, enquanto o moinho fazia *clip-clep, clip-clep, clip-clep*. O pássaro se empoleirou em uma árvore em frente ao moinho e cantou:

Minha mãe me assassinou

Um homem olhou para cima.

Minha carne meu pai comeu

Mais dois homens olharam para cima.

E Maria, à sua maneira,

Mais cinco homens olharam para cima.

Me enterrou na amoreira.

Agora havia apenas seis homens trabalhando.

Piu, piu, piu, digo devagarinho,

Agora apenas um.

Sou eu o lindo passarinho.

Quando o último homem parou de trabalhar, ouviu apenas o final da canção.

– Passarinho – disse ele –, você canta tão bonito! Deixe-me ouvir a canção inteira. Cante de novo!

– Não – disse o pássaro. – Não canto de graça duas vezes. Se você me der a pedra do moinho, cantarei de novo.

– Se ela pertencesse apenas a mim – disse o homem –, eu certamente a daria para você.

– Tudo bem – disseram os outros. – Se cantar de novo, nós a daremos para você.

O pássaro desceu, e os vinte trabalhadores usaram vigas para levantar a pedra:

– Levantandoooooo.

Então o pássaro colocou a cabeça no buraco da pedra e, com ela em volta do pescoço, voou até a árvore e cantou:

Minha mãe me assassinou
Minha carne meu pai comeu
E Maria, à sua maneira,
Me enterrou na amoreira.
Piu, piu, piu, digo devagarinho,
Sou eu o lindo passarinho.

Quando terminou, abriu as asas e voou para a casa de seu pai, levando a corrente na garra direita, os sapatos na esquerda e a pedra de moinho no pescoço.

Na casa, o pai, a mãe e Maria estavam sentados à mesa. O pai disse:

– Como me sinto alegre e despreocupado!

– Eu me sinto muito triste, como se uma grande tempestade estivesse a caminho – disse a esposa.

Maria começou a chorar. O pássaro chegou voando e empoleirou-se no telhado.

– Eu me sinto tão alegre, e o sol está brilhando tanto! É como se eu fosse me reencontrar com um velho amigo – disse o pai.

– Eu estou apavorada, meus dentes não param de bater e corre fogo em minhas veias – disse a mulher, rasgando o vestido para se refrescar. Maria sentou a um canto e chorou, com o prato diante de si, até que ele se encheu de lágrimas. Então o pássaro se empoleirou na amoreira e cantou:

Minha mãe me assassinou

A mãe tapou os ouvidos e fechou os olhos para não ouvir nem ver. Mesmo assim, o som de uma tempestade assustadora enchia seus ouvidos, e seus olhos se agitavam e queimavam como um raio.

Minha carne meu pai comeu

– Veja, mulher – disse o pai. – Há um lindo passarinho cantando tão bonito, o sol está brilhando e tudo cheira a canela.

E Maria, à sua maneira,

Maria escondeu o rosto no colo, chorando, enquanto o pai dizia:

– Preciso sair e ver o pássaro.

– Não vá – sua esposa pediu. – Sinto como se a casa estivesse pegando fogo.

Mas o homem saiu para olhar o pássaro.

Me enterrou na amoreira.
Piu, piu, piu, digo devagarinho,
Sou eu o lindo passarinho.

Com isso o pássaro deixou cair a corrente de ouro no pescoço de seu pai, e ela lhe serviu perfeitamente. Então o homem entrou na casa e disse:

– Veja que bela corrente o passarinho me deu.

A mulher estava com tanto medo que caiu no chão. Então o pássaro voltou a cantar:

Minha mãe me assassinou

– Oh! – a mulher se lamentou. – Eu preferiria estar mil metros embaixo da terra a ser obrigada a ouvir esse canto.

Minha carne meu pai comeu

Então a mulher se deitou como se estivesse morta.

E Maria, à sua maneira,

– Oh! – Maria exclamou. – Eu também vou sair e ver se o pássaro me dá alguma coisa. – E assim ela fez.

Me enterrou na amoreira

Então ele jogou os sapatos para a menina.

Piu, piu, piu, digo devagarinho,
Sou eu o lindo passarinho.

De repente Maria sentiu-se feliz e contente, calçou os sapatos vermelhos e dançou e pulou de alegria.

– Eu me sentia muito triste, mas agora meu coração está tão leve! Que passarinho mais encantador! Deu-me um par de sapatos vermelhos.

Mas o cabelo da mãe estava em pé e parecia uma chama.

– Ainda que o mundo esteja para acabar, preciso de um pouco de ar – ela disse.

Assim que a mulher cruzou a porta, a pedra de moinho caiu em sua cabeça e a esmagou. O pai e a filha acudiram e viram chamas e fumaça subindo ao céu. Quando tudo desapareceu, surgiu o menino. Ele segurou a mão do pai e a de Maria. Felizes e contentes, eles entraram na casa, sentaram-se à mesa e jantaram.

JOÃO PRUDENTE

Um dia a mãe de João perguntou:

– Aonde você vai, João?

– À casa da Gretel, mamãe.

– Cuide-se, João.

– Pode deixar! Tchau, mamãe.

– Tchau, João.

Então João foi até a casa de Gretel.

– Bom dia, Gretel.

– Bom dia, João. O que você me trouxe hoje?

– Eu não trouxe nada, mas quero alguma coisa.

Então Gretel deu uma agulha a João, que disse:

– Tchau, Gretel.

– Tchau, João.

João levou a agulha, colocou-a em uma carroça cheia de feno que passava por ali e a seguiu até sua casa.

– Boa noite, mamãe.

– Boa noite, João. Onde você esteve?

– Na casa da Gretel, mamãe.

– O que você levou para ela?

– Não levei nada, mas trouxe uma coisa.

– O que foi?

– Uma agulha, mamãe.

– O que você fez com a agulha, João?

– Coloquei-a na carroça de feno.

– Isso foi muita burrice da sua parte, João. Você deveria tê-la espetado na manga da sua camisa.

– Está bem, mamãe! Eu me sairei melhor da próxima vez.

Quando a próxima vez chegou, a mãe de João disse:

– Aonde você vai, João?

– À casa da Gretel, mamãe.

– Cuide-se, João.

– Pode deixar! Tchau, mamãe!

– Tchau, João.

Então João foi para a casa de Gretel.
– Bom dia, Gretel.
– Bom dia, João. O que você me trouxe hoje?
– Eu não trouxe nada, mas quero alguma coisa.
Então Gretel deu uma faca a João, que disse:
– Tchau, Gretel.
– Tchau, João.
João levou a faca, espetou-a na manga de sua camisa e foi para casa.
– Boa noite, mamãe.
– Boa noite, João. Onde você esteve?
– Na casa da Gretel.
– O que você levou a ela?
– Não levei nada, mas trouxe uma coisa.
– O que foi?
– Uma faca, mamãe.
– O que você fez com a faca, João?
– Espetei na manga da minha camisa, mamãe.
– Isso foi muita burrice da sua parte, João. Você deveria tê-la colocado no bolso.
– Está bem, mamãe! Eu me sairei melhor da próxima vez.
Quando a próxima vez chegou, a mãe de João disse:
– Aonde vai, João?
– À casa da Gretel, mamãe.
– Cuide-se, João.
– Pode deixar! Tchau, mamãe.
– Tchau, João.
Então João chegou à casa de Gretel.
– Bom dia, Gretel.
– Bom dia, João. O que você me trouxe hoje?
– Eu não trouxe nada, mas quero alguma coisa.
Então Gretel deu uma cabra a João, que disse:
– Tchau, Gretel.
– Tchau, João.
João levou a cabra, amarrou suas pernas e a colocou em seu bolso. Quando chegou em casa, a cabra havia morrido sufocada.
– Boa noite, mamãe.
– Boa noite, João. Onde você esteve?
– Na casa da Gretel, mamãe.
– O que você levou para ela?
– Não levei nada, mas trouxe uma coisa.
– O que Gretel deu a você, João?

– Uma cabra, mamãe.
– O que fez com a cabra, João?
– Coloquei no bolso, mamãe.
– Isso foi muita burrice da sua parte, João. Você deveria ter amarrado uma corda ao redor do pescoço dela e a conduzido para casa.
– Está bem, mamãe! Eu me sairei melhor da próxima vez.
Quando a próxima vez chegou...
– Aonde você vai, João?
– À casa da Gretel, mamãe.
– Cuide-se, João.
– Pode deixar! Tchau, mamãe.
– Tchau, João.
Então João foi até a casa de Gretel.
– Bom dia, Gretel.
– Bom dia, João. O que você me trouxe hoje?
– Eu não trouxe nada, mas quero alguma coisa.
Então Gretel deu um pedaço de toucinho defumado a João, que disse:
– Tchau, Gretel.
– Tchau, João.
João pegou o toucinho, amarrou uma corda em volta dele e o arrastou de volta à casa. Mas alguns cachorros apareceram e comeram o toucinho, de forma que quando chegou em casa João tinha apenas a corda.
– Boa noite, mamãe.
– Boa noite, João. Onde você esteve?
– Na casa da Gretel, mamãe.
– O que você levou para ela?
– Não levei nada, mas trouxe uma coisa.
– O que Gretel deu a você, João?
– Um pedaço de toucinho defumado, mamãe.
– O que você fez com o toucinho, João?
– Eu amarrei uma corda nele e o arrastei para cá, mas os cachorros o comeram, mamãe.
– Isso foi muita burrice da sua parte, João. Você deveria tê-lo carregado na cabeça.
– Tudo bem! Eu me sairei melhor da próxima vez, mamãe.
Quando a próxima vez chegou...
– Aonde você vai, João?
– Para a casa da Gretel, mamãe.
– Cuide-se, João.
– Pode deixar! Tchau, mamãe.

– Tchau, João.
Então João foi até a casa de Gretel.
– Bom dia, Gretel.
– Bom dia, João. O que você me trouxe hoje?
– Eu não trouxe nada, mas quero alguma coisa.
Então Gretel deu um bezerro a João.
– Tchau, Gretel.
– Tchau, João.
João pegou o bezerro, colocou-o na cabeça e o levou para casa, mas o bezerro arranhou o rosto dele.
– Boa noite, mamãe.
– Boa noite, João. Onde você esteve?
– Na casa da Gretel, mamãe.
– O que você levou para ela?
– Não levei nada, mas trouxe uma coisa.
– O que Gretel deu a você, João?
– Um bezerro, mamãe.
– O que você fez com o bezerro, João?
– Eu o carreguei na cabeça, mas ele arranhou meu rosto.
– Isso foi muita burrice da sua parte, João. Você deveria ter conduzido o bezerro no chão e o amarrado no cocho.
– Tudo bem! Eu me sairei melhor da próxima vez, mamãe.
Quando a próxima vez chegou...
– Aonde você vai, João?
– À casa da Gretel, mamãe.
– Cuide-se, João.
– Pode deixar, mamãe! Tchau.
– Tchau, João.
Então João foi até a casa de Gretel.
– Bom dia, Gretel.
– Bom dia, João. O que você me trouxe hoje?
– Eu não trouxe nada, mas eu quero alguma coisa.
Então Gretel disse a João:
– Leve-me com você.
João levou Gretel, amarrou uma corda em seu pescoço, conduziu-a no chão até sua casa, amarrou-a no cocho e foi encontrar sua mãe.
– Boa noite, mamãe.
– Boa noite, João. Onde você esteve?
– Na casa da Gretel, mamãe.
– O que você levou para ela?
– Nada, mamãe.

– O que Gretel deu a você, João?

– Ela mesma, mamãe.

– Onde você a deixou, João?

– Eu a trouxe até aqui com uma corda e amarrei-a no cocho para que comesse feno, mamãe.

– Isso foi muita burrice da sua parte, João. Você deveria tê-la feito ver um passarinho verde.

– Está bem, mamãe! Eu me sairei melhor da próxima vez.

João foi para o viveiro, pegou o periquito que havia morrido na véspera e entregou-o a Gretel. Gretel ficou muito brava, soltou-se da corda, fugiu correndo e noivou com outro rapaz.

OS ELFOS

{I}

Era uma vez um sapateiro que, a despeito de seus esforços, ficou tão pobre que tudo que lhe restou foi apenas um pedaço de couro para um par de sapatos. Ele os cortou à noite, para trabalhar neles na manhã seguinte. E, como tinha a consciência tranquila, deitou-se silenciosamente na cama, rezou e adormeceu. No outro dia, após fazer suas orações matinais e prestes a entregar-se ao trabalho, ele encontrou o par de sapatos prontos em sua mesa. Ficou espantado e, sem saber o que pensar, pegou os sapatos para examiná-los mais de perto. E eles eram tão bem-feitos que cada costura estava em seu lugar, como se tivessem sido obra de um mestre no ofício.

Um cliente entrou na loja e, após os sapatos lhe servirem bem, pagou por eles mais do que o preço regular. Assim o sapateiro ganhou dinheiro suficiente para comprar couro para fabricar mais dois pares de sapato. Ele os cortou à noite e pretendia começar o trabalho na manhã seguinte com o espírito renovado. Mas isso não aconteceu, porque ao se levantar os sapatos estavam prontos, e não faltaram clientes. Eles deram tanto dinheiro ao sapateiro que ele conseguiu comprar couro para quatro novos pares. Cedo, na manhã seguinte, ele encontrou os quatro pares prontos, e assim continuou a acontecer. O que ele cortasse à noite estava pronto pela manhã, de modo que logo ele começou a melhorar de vida e finalmente ficou rico.

Uma noite, perto do Natal, quando o sapateiro havia terminado os cortes, e antes de ir para casa, ele disse à sua esposa:

– Que tal ficarmos acordados esta noite e descobrirmos quem faz todo o serviço?

A esposa concordou e acendeu uma vela. Então os dois se esconderam no canto do cômodo, atrás de alguns casacos que estavam pendurados, e começaram a observar. À meia-noite eles viram entrar dois homenzinhos sem roupa, que se sentaram diante da mesa do sapateiro, apanharam o material que já estava preparado e começaram a coser, a perfurar e a martelar tão hábil e rapidamente com seus dedinhos que o sapateiro quase não conseguia acompanhá-los com os olhos, tamanho era seu encantamento. E eles não pararam até que tudo estivesse pronto na mesa e então foram embora correndo.

Na manhã seguinte, a esposa do sapateiro disse:

– Nós enriquecemos graças àqueles homenzinhos e precisamos expressar nossa gratidão. Com todo esse vaivém e sem terem nada com que se cobrir, eles devem passar muito frio. Já sei. Vou fazer pequenas blusas, casacos, coletes e calças para eles e costurarei um par de meias para cada um deles, enquanto você fará um par de sapatos para cada um deles.

O marido concordou de bom grado, e à noite, quando o trabalho havia acabado, eles colocaram na mesa os presentes, em vez do material para fazer sapatos, e se esconderam para observar a reação dos homenzinhos. À meia-noite, eles entraram apressados, prontos para começar o trabalho. Ao encontrarem as pequenas vestes em vez dos pedaços preparados de couro, ficaram paralisados por um momento, tamanha a surpresa, e então se encheram de enorme alegria. Com a maior rapidez, pegaram os trajes e os vestiram, cantando:

Somos rapazes bem-vestidos e elegantes
De sapateiros não temos nem mais o semblante.

Então comemoraram, pulando sobre mesas e cadeiras, e finalmente saíram dançando porta afora.

Desde então eles nunca foram vistos novamente. Mas, até o dia de sua morte, tudo deu certo para o sapateiro e tudo o que tomou em suas mãos prosperou.

{II}

Era uma vez uma pobre moça que trabalhava como criada e era muito asseada e esforçada. Todos os dias ela varria a casa e juntava o lixo em um grande monte perto da porta. Certa manhã, antes de começar a trabalhar, ela encontrou uma carta. Como não sabia ler, deixou a vassoura em um canto e levou a carta para seu patrão e sua patroa para ver de que se tratava. A carta era um convite dos elfos, que gostariam que a moça fosse ao encontro deles e servisse de madrinha a um de seus filhos. A criada não sabia o que fazer. Mas, como ouvira dizer que ninguém deve recusar nada aos elfos, decidiu ir e foi recebida por três pequenos elfos, que a levaram até o centro de uma alta montanha, onde todos os pequeninos moravam. Lá tudo era diminuto, porém mais fino e elegante do que se pode imaginar.

A mãe da criança estava deitava em uma cama de ébano, cravejada de pérolas; a coberta tinha bordados de ouro, o berço era feito de mármore e a banheira, de ouro. A moça tornou-se madrinha e estava prestes a voltar para casa quando os elfos suplicaram que ficasse por pelo menos mais três dias. Ela concordou, passando o tempo com alegria e júbilo, e os elfos pareceram gostar muito dela. Finalmente, quando ela estava pronta para ir embora, eles encheram os seus bolsos de ouro e a conduziram para a saída da montanha. Ao voltar para casa, ela pegou a vassoura para retornar ao trabalho. Estava no mesmo canto em que a havia deixado antes de partir, assim ela começou logo a varrer. Mas alguns desconhecidos apareceram e perguntaram quem ela era e o que estava fazendo. Então ela descobriu que, em vez de três dias, havia passado sete anos com os elfos e que nesse meio-tempo seu patrão e sua patroa haviam morrido.

{III}

Uma vez os elfos roubaram uma criança da mãe e, no lugar, deixaram uma Criança Trocada. Ela tinha cabeça grande e olhos arregalados, e não fazia nada a não ser comer e beber. Atribulada, a mãe foi se aconselhar com os vizinhos. Eles lhe disseram que levasse a Criança Trocada para a cozinha e a colocasse perto do fogão. Depois disso ela deveria acender o fogo e ferver água dentro de duas cascas de ovo. Isso faria a Criança Trocada rir e, se ela risse, a troca seria desfeita. Então a mulher seguiu o conselho dos vizinhos e, quando colocou as cascas de ovo com água no fogo, a Criança Trocada disse:

Tenho muito mais idade
Que os tentáculos de um polvo,
Mas jamais vi a raridade
De cozinhar em casca de ovo.

Depois, começou a rir. No mesmo momento chegou uma multidão de elfos trazendo a criança certa, que eles colocaram perto do fogão antes de levar a Criança Trocada embora.

BRANCA DE NEVE

Aconteceu em meados do inverno, quando os flocos de neve caíam do céu feito plumas. A rainha estava à janela, costurando, e seu bastidor era feito de ébano. Enquanto trabalhava, olhando de vez em quando para a neve, espetou o dedo, e da ferida caíram três gotas de sangue. Ao ver as gotas tão vermelhas e brilhantes, ela pensou: "Que eu dê à luz uma criança branca como a neve, vermelha como o sangue e preta como o ébano deste bastidor!"

Não se passou muito tempo e ela teve uma filha com a pele branca como a neve, os lábios vermelhos como o sangue e o cabelo preto como o ébano. A menina se chamava Branca de Neve. A rainha morreu no parto e, após um ano de sua morte, o rei casou-se com uma mulher bela, mas orgulhosa e arrogante, que não admitia que ninguém fosse mais bonita do que ela. A rainha tinha um espelho mágico, para o qual perguntava:

Espelho, espelho meu,
Existe no mundo alguém mais bela do que eu?

E o espelho respondia:

Você é muito bonita, isso é verdade.

E ela ficava satisfeita, pois sabia que o espelho não mentia.

Mas Branca de Neve estava crescendo e ficava mais bonita a cada dia. Com sete anos era mais bonita que o dia e muito mais bonita que a própria rainha. Um dia a rainha foi até o espelho e disse:

Espelho, espelho meu,
Existe no mundo alguém mais bela do que eu?

O espelho respondeu:

Você é muito bonita, isso é verdade,
Mas Branca de Neve é ainda mais,
para sua infelicidade.

A resposta foi um grande choque para a rainha, que ficou verde de inveja e começou a odiar a garota. E, feito erva daninha, inveja e orgulho cresceram em seu coração, até que ela não tinha paz nem de dia nem de noite. Afinal, chamou um caçador e disse:

– Leve a criança para a floresta para que eu nunca mais ponha os olhos nela. Você deve matá-la e me trazer seu coração como prova.

O caçador concordou e levou a menina para a floresta, mas, quando ele sacou o cutelo para perfurar o inocente coração de Branca de Neve, a menina começou a chorar e pediu:

– Ó querido caçador, não tire minha vida. Eu sumirei na floresta e nunca mais voltarei para casa.

E, como ela era adorável, o caçador sentiu pena e respondeu:

– Vá embora, pobre criança.

Ele pensou que Branca de Neve seria devorada pelos animais selvagens. Ao poupá-la da morte, sentiu como se uma pedra tivesse sido tirada de seus ombros. Nesse momento um javali jovem e selvagem passou pelo caçador, que o capturou, o matou e tirou seu coração, levando-o como prova à rainha. O órgão foi salgado e cozido, e a perversa mulher o comeu, pensando que esse era o fim da Branca de Neve.

Ao se ver sozinha no meio da floresta, a pobre criança encheu-se de medo, até mesmo das folhas das árvores, e ficou desorientada. Então começou a andar por pedras pontiagudas e espinheiros, com animais selvagens atrás de si, mas eles não lhe fizeram mal. Branca de Neve correu tanto quanto seus pés aguentaram. Quando a noite se aproximava, chegou a uma casa pequenina, na qual entrou para descansar. Lá dentro tudo era muito pequeno, mas tão bonito e limpo quanto possível. A mesa estava posta, coberta com uma toalha branca, sete pratos pequeninos, sete garfos, sete facas e sete copos. Perto da parede, havia sete camas pequeninas, uma ao lado da outra, cobertas com uma colcha branca e limpa. Branca de Neve estava com muita fome e sede, então comeu um pouco de mingau e pão de cada prato e tomou um gole de vinho de cada copo, para não acabar com a comida e a bebida de uma pessoa só. Depois disso, sentiu-se tão cansada que se deitou em uma das camas, mas ela não lhe servia. Uma cama era muito grande, a outra era pequena demais. Apenas a sétima cama era do seu tamanho. Então ela se deitou, rezou e adormeceu.

No meio da noite, os donos da casa voltaram. Eram sete anões, que trabalhavam escavando nas montanhas. Depois de acenderem sete velas, que clarearam a pequenina casa, notaram que alguém havia estado lá, pois suas coisas não se encontravam no mesmo lugar onde as haviam deixado. O primeiro disse:

– Quem andou sentando na minha cadeira?

O segundo disse:

– Quem andou roubando comida do meu prato?

O terceiro disse:

– Quem andou comendo do meu pão?

O quarto disse:

– Quem andou provando do meu mingau?

O quinto disse:

– Quem andou usando meu garfo?

O sexto disse:

– Quem andou usando minha faca?

O sétimo disse:

– Quem andou tomando do meu copo?

Então o primeiro anão olhou em volta, viu que sua cama estava desarrumada e gritou:

– Quem andou se deitando na minha cama?

E os outros correram até as camas e exclamaram:

– Alguém esteve em nossa cama também!

E quando o sétimo anão olhou para sua cama, viu Branca de Neve dormindo. Ele contou aos outros, que vieram correndo, gritando de surpresa e segurando as sete pequeninas velas para iluminá-la.

– Oh, que deusa! Oh, que graça! – gritaram eles. – Que bela criança é essa? – Ficaram tão contentes em vê-la que não a quiseram acordar. E o sétimo anão dormiu com seus companheiros, uma hora em cada cama, até o amanhecer.

De manhã, ao acordar e ver os sete anões, Branca de Neve ficou assustada. Mas eles pareciam muito gentis e perguntaram seu nome, ao que ela respondeu. Então questionaram como havia chegado à casa. A menina contou que sua madrasta tinha encomendado sua morte, que o caçador tinha salvado sua vida e que ela tinha corrido o dia todo até encontrar a casa. Então os anões disseram:

– Se você cuidar da casa, cozinhar, lavar, arrumar as camas, costurar, tricotar e mantiver tudo limpo e em ordem, poderá ficar conosco, e nada lhe faltará.

– Farei isso de todo o coração – disse Branca de Neve. Assim, ela ficou na casa, que manteve sempre em ordem. De manhã, os anões iam para a montanha procurar ouro e à noite voltavam para casa e o jantar estava pronto. A moça ficava sozinha o dia inteiro, e os anões a alertavam:

– Cuidado com a sua madrasta. Logo ela saberá que você está aqui. Não deixe ninguém entrar em casa.

A rainha, que acreditava ter comido o coração da Branca de Neve, teve certeza de que ela era a mulher mais bela do reino, então foi até o espelho e disse:

Espelho, espelho meu,
Existe no mundo alguém mais bela do que eu?

E o espelho respondeu:

A rainha é decerto muito linda,
Mas na pequena casa da floresta,
Que vem a ser tudo o que lhe resta,
Branca de Neve é mais bonita ainda.

A rainha ficou muito brava, pois, como o espelho sempre falava a verdade, ela percebeu que o caçador a enganara e que Branca de Neve ainda vivia. Então pensou em uma maneira de matá-la. Enquanto não fosse a mulher mais bela do reino, a inveja não lhe daria descanso. Então, bolou um plano. Pintou o rosto e se vestiu como uma velha, para que ninguém a reconhecesse. Assim disfarçada, cruzou as sete montanhas até chegar à casa dos sete anões, em cuja porta bateu, gritando:

– Artigos de qualidade à venda! Artigos de qualidade à venda!

Branca de Neve espiou pela janela e perguntou:

– Bom dia, minha boa senhora, o que está vendendo?

– Artigos bons, artigos de qualidade – respondeu ela. – Fitas de todas as cores – e segurou uma fita tecida em diversas cores.

“Não preciso ter medo de deixar essa boa mulher entrar em casa”, pensou Branca de Neve, então abriu a porta e comprou a bonita fita.

– Que linda você é, menina! – disse a velha. – Venha cá e me deixe amarrar a fita em você.

Sem desconfiar de nada, Branca de Neve ficou parada diante da bruxa e deixou-a apertar a nova fita em sua cintura. Ela apertou tão rápido e forte que tirou o ar de Branca de Neve, e a menina caiu no chão como se estivesse morta.

– Agora você não é a mais bela – disse a bruxa enquanto se afastava.

Não se passou muito tempo até que os sete anões voltassem para casa. Ao ver Branca de Neve imóvel no chão, eles ficaram horrorizados. Eles a levantaram e, quando perceberam como a fita a apertava, cortaram-na. Então Branca de Neve pouco a pouco voltou a respirar. Quando os anões ouviram o que se passara, disseram:

– A velha não era ninguém mais ninguém menos que a rainha má. Você não deve deixar ninguém entrar em casa quando não estivermos!

De volta ao castelo, a rainha dirigiu-se ao espelho:

Espelho, espelho meu,
Existe no mundo alguém mais bela do que eu?

E ele respondeu, como antes:

A rainha é decerto muito linda,
Mas na pequena casa da floresta,
Que vem a ser tudo o que lhe resta,
Branca de Neve é mais bonita ainda.

Quando ouviu isso, a rainha ficou branca, pois entendeu que Branca de Neve estava viva.

– Mas agora – disse – vou pensar em alguma coisa para acabar com ela.

E enfeitiçou um pente, envenenando-o. Então se disfarçou para parecer uma velha diferente da anterior, cruzou as sete montanhas, chegou à casa dos sete anões, bateu à porta e gritou:

– Artigos de qualidade à venda! Artigos de qualidade à venda!

Branca de Neve olhou para fora e disse:

– Vá embora, não posso deixar ninguém entrar.

– Mas você não precisa deixar de olhar – disse a velha, pegando o pente envenenado. A pobre garota gostou tanto dele que ficou tentada a abrir a porta. Ela comprou o pente, e a velha disse:

– Agora seu cabelo deve ser devidamente penteado.

Em sua inocência, Branca de Neve deixou a velha penteá-la, mas, assim que o pente tocou seu cabelo, o veneno começou a fazer efeito. Ela perdeu os sentidos e caiu no chão.

– Lindinha – disse a mulher má –, esse é o seu fim. – E com isso foi embora.

Por sorte, já estava perto de anoitecer, e os sete anões voltaram para casa. Ao ver Branca de Neve deitada no chão como se estivesse morta, eles logo pensaram que era obra da madrasta. Quando viram o pente, tiraram-no imediatamente do cabelo da garota, que despertou e contou o que havia acontecido. Os anões a avisaram mais uma vez para ficar alerta e nunca mais deixar ninguém entrar na casa.

A rainha voltou para o castelo e foi falar com o espelho:

Espelho, espelho meu,
Existe no mundo alguém mais bela do que eu?

O espelho respondeu como antes:

A rainha é decerto muito linda,
Mas na pequena casa da floresta,
Que vem a ser tudo o que lhe resta,
Branca de Neve é mais bonita ainda.

Ao ouvir essas palavras, a rainha se mordeu de raiva.

– Branca de Neve deve morrer – ela gritou. – Ainda que isso custe minha vida!

Então a rainha se dirigiu a um aposento secreto e lá preparou uma maçã envenenada. A maçã era branca e vermelha, ninguém resistiria a ela. Todavia, quem dela comesse, mesmo que uma lasca, morreria. Quando a maçã estava pronta, a rainha pintou o rosto, vestiu-se como uma camponesa e cruzou as sete montanhas em direção à casa dos sete anões. Chegando lá, bateu na porta. Branca de Neve colocou a cabeça para fora da janela e disse:

– Não deixarei ninguém entrar. São ordens dos sete anões.

– Tudo bem – a camponesa respondeu. – Posso me livrar destas maçãs em outro lugar. Tome, pegue uma.

– Não – respondeu Branca de Neve. – Eu não posso aceitar.

– Você tem medo de ela estar envenenada? – a mulher perguntou. – Veja, eu cortarei a maçã em dois pedaços. Você fica com a parte vermelha, e eu fico com a branca.

Na verdade, a maçã havia sido envenenada de forma tão ardilosa que o veneno estava concentrado apenas na casca. Branca de Neve tinha vontade de provar a maçã e, ao ver a camponesa comendo um pedaço, não conseguiu mais se conter. Estendeu a mão e aceitou a metade envenenada. Assim que levou um pedaço à boca, Branca de Neve caiu no chão como se estivesse morta. A rainha lançou-lhe um olhar terrível, riu alto e gritou:

– Branca como a neve, vermelha como o sangue e preta como o ébano! Desta vez os anões não conseguirão salvá-la.

Chegando em casa, perguntou ao espelho:

Espelho, espelho meu,
Existe no mundo alguém mais bela do que eu?

Finalmente ele respondeu:

Minha rainha é a mais bonita de todas.

Então seu coração invejoso sossegou, tanto quanto um coração invejoso pode sossegar.

Quando chegaram em casa à noite, os anões encontraram Branca de Neve caída no chão, sem respirar. Estava morta. Eles a levantaram, olharam em volta para descobrir o que a tinha envenenado, cortaram as fitas de sua roupa, pentearam seu cabelo, lavaram-na com água e vinho, mas nada adiantou; a pobre garota estava morta e morta permaneceu. Então eles a deitaram em um caixão, sentaram-se à sua volta, choraram e lamentaram durante três dias inteiros. Eles a teriam enterrado, mas sua aparência era a de uma pessoa viva, com bochechas rosadas. Por isso disseram:

– Não podemos enterrá-la.

Então construíram um caixão feito inteiramente de vidro, para que Branca de Neve pudesse ser vista por todos os ângulos. Deitaram-na no caixão e o colocaram na montanha, sempre guardado por um dos anões. Os pássaros também vieram e sofreram a perda de Branca de Neve. Primeiro uma coruja, depois um corvo e, por último, uma pomba.

Por muito tempo Branca de Neve ficou deitada no caixão, sem sofrer nenhuma mudança, como se estivesse dormindo, pois ainda era branca como a neve e vermelha como o sangue; e seu cabelo, preto como o ébano. Um dia, o filho do rei cavalgava pela floresta e passou pela casa dos anões, que estava próxima. Ele viu o caixão na montanha, com Branca de Neve dentro, e leu o que estava escrito nele em letras douradas. Então, disse aos anões:

– Se me derem o caixão, vocês poderão pedir qualquer coisa em troca.

Os anões responderam que não podiam se desfazer do caixão mesmo em troca de todas as riquezas do mundo, mas o príncipe insistiu.

– Deixem-me levar o caixão, eu suplico. Não posso mais viver sem olhar para Branca de Neve. Se me derem seu consentimento, eu os honrarei e cuidarei de vocês como se fossem meus irmãos.

Os anões sentiram pena dele e entregaram-lhe o caixão. O príncipe chamou seus empregados e ordenou-lhes que o carregassem nos ombros. Contudo, no meio do caminho os homens tropeçaram em uma moita e o balançaram. O movimento brusco fez com que o pedaço de maçã envenenada fosse expelido da garganta de Branca de Neve. Não demorou muito para que ela abrisse os olhos, levantasse a tampa do caixão e se erguesse, sã e salva.

– Onde estou? – ela perguntou.

Cheio de contentamento, o filho do rei respondeu:

– Você está ao meu lado. – Contou-lhe tudo o que acontecera e disse: – Você é o meu tesouro mais precioso. Venha comigo ao castelo do meu pai e seja minha noiva.

A amável Branca de Neve o acompanhou, e o casamento foi realizado com pompa e grande esplendor.

A rainha má também havia sido convidada para a festa. Depois de vestir-se com um lindo traje, foi até o espelho e perguntou:

Espelho, espelho meu,
Existe no mundo alguém mais bela do que eu?

O espelho respondeu:

Rainha, é grande o esplendor de sua beleza
Mas a jovem noiva é mais bonita, tenho certeza.

Ela xingou, praguejou e ficou louca de raiva e frustração. Primeiro, considerou não ir ao casamento, mas depois decidiu que não teria sossego até ver a noiva. Ao ver a princesa, a rainha percebeu que era Branca de Neve e não conseguiu ir embora tamanha era a sua raiva e o seu pavor. Eles tinham prontos sapatos de ferro em brasa, com os quais a bruxa teve de dançar até cair morta.

OS SEIS CISNES

Era uma vez, em uma grande floresta, um rei que caçava um animal selvagem com tanta avidez que ninguém de sua corte conseguia acompanhá-lo. Ao cair da noite, ele parou e, ao olhar à sua volta, percebeu que estava perdido. Mesmo procurando, não encontrou nenhuma trilha. Então, de repente, viu aproximar-se uma velha que acenava a cabeça. Era uma bruxa.

– Minha boa mulher – ele disse –, pode me dizer como saio desta floresta?

– Sim, meu grande rei – ela respondeu. – É claro que posso. Mas preciso impor uma condição e, se você não a cumprir, jamais sairá desta floresta e morrerá de fome.

– Qual é a condição? – perguntou o rei.

– Eu tenho uma filha – disse a velha –, tão bonita quanto qualquer outra mulher do mundo. Se você casar com ela e torná-la rainha, eu lhe mostrarei como sair desta floresta.

O rei consentiu, por causa da dificuldade em que se encontrava. Então a velha o conduziu até seu casebre, onde a filha estava sentada perto da lareira. Ela recebeu o rei como se estivesse à sua espera, e, embora ele tenha notado a beleza da moça, ela não lhe agradava. Não conseguia olhá-la sem estremecer por dentro. Ainda assim, o rei colocou a moça em seu cavalo. A velha lhe mostrou o caminho, e ele logo chegou ao castelo real, onde o casamento foi celebrado.

O rei já havia sido casado, e sua primeira esposa lhe deixara sete filhos – seis garotos e uma garota –, a quem ele amava mais que qualquer coisa no mundo. Por temer que a madrasta se comportasse mal com os filhos, e talvez até aprontasse algo contra eles, o rei os levou para um castelo abandonado que ficava no meio de uma floresta. E lá eles permaneceram escondidos, uma vez que era muito difícil encontrar a estrada que levava até lá. Nem mesmo o rei conseguiria fazê-lo se não fosse por um novelo com propriedades mágicas que uma feiticeira havia lhe dado. Quando o rei jogava o novelo no chão, ele se desenrolava e lhe mostrava o caminho. Como o rei visitava seus queridos filhos com tanta frequência, a rainha passou a ficar aborrecida com a sua ausência. Curiosa, ela quis saber por que ele ia sozinho para a floresta tantas vezes. Então, subornou com muito dinheiro os empregados do rei, que revelaram o segredo e lhe contaram sobre o novelo que, sozinho, era capaz de mostrar o caminho. A rainha não descansou até descobrir onde o rei guardava o novelo, então fez blusas de seda e em cada uma costurou um encanto, pois havia aprendido feitiçaria com sua mãe. Assim que o rei saiu para a caçada, ela pegou as blusas e foi para a floresta. O novelo mostrou-lhe o caminho. Avistando alguém a distância, os filhos pensaram tratar-se do seu querido pai e aproximaram-se pulando de alegria. Então a rainha má arremessou cada uma das blusas. Assim que elas tocaram o corpo dos meninos, eles se transformaram em cisnes e saíram voando pela floresta. Então a rainha foi para casa, muito contente de pensar que havia se livrado dos enteados. Mas a garota não havia saído com seus irmãos, então a rainha não sabia nada sobre ela. No dia seguinte, o rei foi visitar a prole, mas encontrou apenas a filha.

– Onde estão seus irmãos? – perguntou o rei.

– Oh, querido pai – ela respondeu. – Eles foram embora e me deixaram para trás.

E então ela contou como, de sua janela, havia visto os irmãos transformados em cisnes voar para longe, e mostrou as penas que deixaram cair no pátio e que ela pegara. O rei se entristeceu, mas não imaginava que a rainha fosse a culpada. Temendo que o mesmo acontecesse com a filha, quis levá-la consigo, mas ela tinha medo da madrasta e implorou ao rei que a deixasse ficar mais uma noite no castelo da floresta.

Então ela pensou: "Não posso mais ficar aqui; preciso procurar meus irmãos".

Quando a noite caiu, ela foi direto para a floresta. Andou durante aquela noite inteira e o dia seguinte, até não conseguir dar mais um passo de tão cansada que estava. Finalmente, avistou uma cabana bem rústica, onde entrou e encontrou um quarto com seis camas pequenas. Ela não se atreveu a se deitar em nenhuma. Enfiou-se debaixo de uma delas, deitou-se no chão e esperou a noite chegar. Ao raiar o dia, ouviu um farfalhar e viu seis cisnes entrando pela janela. Eles pousaram no chão e assopraram uns aos outros até que todas as penas caíssem; depois tiraram sua pele de cisne como se fosse uma blusa. Reconhecendo neles seus irmãos, a moça ficou muito contente e saiu de baixo da cama. Ao vê-la, os irmãos ficaram igualmente contentes, mas sua alegria não durou muito tempo.

– Você não pode ficar aqui – disseram. – Este é um covil de ladrões, e eles a matariam se a vissem.

– E vocês não podem me defender? – perguntou a irmã menor.

– Não – responderam –, pois só podemos nos livrar da pele de cisne e voltar à forma humana por apenas quinze minutos por noite. Depois viramos cisnes de novo.

A irmã chorou ao ouvir aquilo e disse:

– Não se pode fazer nada para libertá-los?

– Não – eles responderam. – Seria uma tarefa muito difícil. Durante seis anos você estaria proibida de falar ou rir. E nesse período teria de fazer seis pequenas blusas com as fibras de uma planta. Se deixasse escapar uma única palavra antes de terminar o trabalho, tudo teria sido inútil.

E assim que os irmãos acabaram de falar, os quinze minutos chegaram ao fim e eles se transformaram em cisnes e voaram janela afora.

A moça, porém, decidiu libertar os irmãos, mesmo que isso lhe custasse a vida. Ela foi embora do covil e, andando pela floresta, subiu em uma árvore e lá passou a noite. Na manhã seguinte preparou-se para o trabalho, colhendo as plantas e começando a costurá-las. Quanto a falar, não havia ninguém com quem conversar; e quanto a rir, ela não tinha cabeça para isso. Então ela sentou e se concentrou no trabalho. Depois de viver assim por muito tempo, aconteceu de o rei daquelas terras ir caçar na floresta. Alguns dos caçadores do seu séquito foram até a árvore na qual a moça estava sentada. Eles a chamaram, perguntando:

– Quem é você? – Ela, porém, nada respondeu. – Desça – eles gritaram. – Não a machucaremos.

Ela apenas balançou a cabeça. E quando eles a atormentaram com mais perguntas, ela lhes jogou seu colar de ouro, esperando que ficassem satisfeitos. Contudo eles não foram embora, e ela lhes jogou sua cinta. Quando isso não serviu, jogou-lhes a liga. Uma após a outra, ela atirou todas as peças que vestia e que podia dispensar, até sobrarem apenas suas roupas de baixo. Porém nada foi suficiente e os caçadores cansaram de esperar, subiram na árvore, pegaram a moça e a levaram ao rei. O rei perguntou:

– Quem é você? O que estava fazendo na árvore?

Ela nada respondeu. Ele falou em todas as línguas que conhecia, e a moça permaneceu muda. Mas, como ela era muito bonita, o rei sentiu por ela um grande amor. Após envolver a moça em seu manto, ele a colocou no cavalo e a levou ao seu castelo. Em seguida, fez com que vestisse roupas luxuosas. Sua beleza resplandecia mais que um raio de sol, mas nenhuma palavra saía de sua boca. Ele a sentou a seu lado na mesa, e sua modéstia e gentileza lhe agradaram. O rei disse:

– Eu escolho esta moça, e nenhuma outra, para ser minha esposa.

Alguns dias depois eles se casaram, mas o rei tinha uma mãe perversa, que ficou descontente com o casamento e difamou a jovem rainha.

– Quem sabe de onde essa moça veio? – ela dizia. – E é incapaz de pronunciar uma palavra! Ela não é digna de um rei!

Um ano depois a rainha deu à luz um filho, mas a velha o levou para longe e sujou a boca da rainha com sangue enquanto ela dormia. Então foi até o rei e disse que a esposa dele comia carne humana. O rei não acreditou em tal afirmação e ordenou que ninguém a machucasse. Em silêncio, a rainha continuou a costurar as blusas, sem ligar para mais nada. Na segunda vez que a rainha deu à luz um lindo garoto, a velha perversa usou o mesmo truque, mas o rei não deu crédito às suas palavras, dizendo:

– Ela é carinhosa e boa demais para cometer tal ato. Se não fosse muda e pudesse se explicar, sua inocência ficaria clara como o dia.

Na terceira vez que a velha roubou o neto recém-nascido e acusou a rainha, que não podia dizer uma palavra sequer em defesa própria, o rei não teve outra escolha que não a levar à justiça, e a moça foi condenada à fogueira.

O dia em que a sentença deveria ser executada era justamente o último dia dos seis anos que ela deveria passar muda e sem rir para libertar do feitiço seus queridos irmãos. As seis blusas estavam prontas, todas exceto uma, na qual faltava costurar a manga esquerda. Quando foi levada para a pilha de lenha e o fogo estava prestes a ser aceso, ela gritou de repente, pois seis cisnes se aproximavam voando. Ela percebeu que sua libertação estava próxima, e seu coração bateu mais forte de alegria. Os cisnes se aproximaram da irmã agitando as asas, de modo que ela pudesse jogar as blusas para eles. Isso feito, as peles de cisne caíram e os irmãos se transformaram diante da moça, sãos e salvos. Mas, como faltava a manga esquerda em uma das blusas, o irmão mais novo ficou com uma asa de cisne no lugar do braço. Eles se abraçaram e se beijaram, e a rainha foi até o rei, que observava tudo com grande espanto.

– Querido marido, agora posso falar e contar-lhe que sou inocente e fui falsamente acusada.

Ela lhe contou as maldades da sogra, que havia levado e escondido as três crianças. E assim os dois se reconciliaram com muita alegria, e a sogra má foi amarrada à estaca sobre a pilha de lenha e queimada até virar cinzas.

E o rei e a rainha viveram durante muitos anos em paz e alegria com os seis irmãos.

GRETEL, A ESPERTA

Era uma vez uma cozinheira chamada Gretel, que usava sapatos de saltos vermelhos. Quando saía com eles, sentia-se muito elegante. Ao voltar para casa, bebia vinho para se refrescar e, dado que o costume lhe abria o apetite, comia do melhor que estivesse cozinhando, até ficar satisfeita.

– Porque – dizia ela – uma cozinheira precisa saber o sabor da comida.

Um dia seu patrão lhe disse:

– Gretel, vou receber um convidado esta noite. Você deve cozinhar duas galinhas.

– Certamente, senhor – respondeu Gretel.

Então ela matou, limpou e depenou as galinhas. Colocou-as no espeto e, quando anoiteceu, deixou-as no fogo para assarem. As galinhas começaram a dourar e estavam quase prontas, mas o convidado ainda não havia chegado.

– Se ele não se apressar – gritou Gretel para seu patrão –, precisarei tirá-las do fogo. É uma pena não as comer agora, justo quando estão no ponto.

Então o patrão disse que ia buscar o convidado. Assim que ele virou as costas, Gretel tirou as galinhas do fogo.

– Ficar tanto tempo na frente do fogo – disse ela – deixa as pessoas com calor e com sede, e sabe-se lá quando eles vão voltar! Enquanto isso, vou buscar um drinque na adega.

Ela desceu, pegou uma caneca e tomou um grande gole, depois de dizer: "Um brinde a mim!"

– Depois de um bom drinque, só outro bom drinque – ela disse –, e não se deve parar no meio.

Ela bebeu outro gole generoso, colocou as galinhas no fogo de novo, untou-as com manteiga e virou o espeto com animação. Elas começaram a soltar um aroma delicioso.

– Preciso descobrir se estão mesmo boas – Gretel disse, lambendo os dedos. E em seguida: – Ora, é claro que estão boas. É uma pena que ninguém esteja aqui para comê-las!

Então ela correu até a janela para ver se o patrão e o convidado estavam chegando, mas, como não viu ninguém, voltou para as galinhas.

– Uma das asas está queimando! – exclamou. – É melhor eu comê-la. – Então ela cortou e comeu o pedaço, que estava saboroso, e depois pensou: "É melhor eu cortar a outra asa também, caso meu patrão dê por falta de uma".

E após se livrar das duas asas, Gretel foi ver se o patrão estava chegando. Mas não.

– Quem sabe – disse ela – se eles estão vindo ou não? Eles podem ter parado em uma estalagem. Nesse caso é melhor eu me dar um mimo. Primeiro, tomarei um bom drinque, depois, comerei uma boa refeição e então me sentirei melhor. Os presentes dos deuses não devem ser desprezados.

Assim ela se serviu de um bom drinque e deliciou-se comendo uma das galinhas. Como o patrão ainda não havia chegado, Gretel olhou para a outra galinha e disse:

– O que é uma, a outra deve ser. As duas estavam juntas e é justo que continuem assim. Talvez eu consiga dar um jeito nisso depois de beber mais um drinque.

Então ela tomou outro gole generoso e a segunda galinha teve o mesmo destino da primeira. Justamente quando ela estava comendo a segunda galinha, o patrão chegou.

– Apresse-se, Gretel! – ele gritou. – O convidado está chegando.

– Muito bem – ela respondeu –, o jantar logo estará pronto.

O patrão foi verificar se a mesa estava posta e começou a afiar a faca com a qual pretendia cortar as galinhas. Logo chegou o convidado, que bateu na porta da frente. Gretel correu para atender e, ao avistar o convidado, colocou um dedo sobre os lábios, dizendo:

– Psiu! Fuja daqui, pois, se meu patrão o pegar, o senhor estará perdido. Ele o convidou para jantar, mas pretende cortar suas orelhas! Ouça-o afiando a faca!

O convidado, ouvindo o som da faca sendo afiada, fugiu tão rápido quanto podia. E Gretel correu gritando para o patrão:

– Que grande convidado o senhor tinha!

– Como assim, Gretel? O que quer dizer?

– Como assim mesmo! – ela exclamou. – Ele saiu correndo com as galinhas que eu havia cozinhado.

– Realmente! – disse o patrão, chateado por causa das galinhas. – Ele poderia ao menos ter deixado uma para mim, assim eu teria algo para comer.

Ele gritou para que o convidado parasse de correr, mas este fingiu não o ouvir. Então o patrão de Gretel correu atrás dele, com a faca ainda em punho, berrando:

– Só uma! Só uma!

Ele se referia à galinha. Pedia que o convidado deixasse ao menos uma, mas o sujeito achou que ele se referia à orelha. Por isso correu tanto, e tão rápido, que é possível que chegue em casa com as duas.

O PRÍNCIPE SAPO

Antigamente, quando os desejos ainda se cumpriam, havia um rei cujas filhas eram todas formosas. Mas a caçula era tão bonita que até mesmo o sol, que já vira muitas coisas na vida, maravilhava-se sempre que brilhava sobre ela. Perto do castelo real havia uma floresta sombria onde era possível encontrar um poço sob uma velha árvore. Em dias muito quentes, a filha do rei ia à floresta e sentava à beira do poço de água fresca. Para matar o tempo, levava uma bola dourada, que jogava para cima e pegava quando ela caía. Esse era seu passatempo preferido.

Um dia, porém, em vez de cair de volta na pequena mão da moça, a bola caiu no chão, perto do poço, e rolou para dentro dele. A filha do rei seguiu a bola com os olhos, mas o poço era profundo, tão profundo que não dava para ver seu fundo. Então ela começou a chorar, e chorou e chorou desconsoladamente. No meio do choro, ouviu uma voz:

– Por que chora, filha do rei? Suas lágrimas derreteriam um coração de pedra.

Quando ela procurou o dono da voz, não viu nada exceto um sapo esticando a cabeça feia e grosseira para fora da água.

– Oh, é você, velho sapo desengonçado – ela disse. – Eu choro porque minha bola dourada caiu no poço.

– Não se preocupe, não é preciso chorar – o sapo respondeu. – Eu posso ajudar. Mas o que você me daria em troca da bola?

– O que você quiser, querido sapo – ela respondeu. – Você pode ficar com qualquer uma das minhas roupas, minhas pérolas e joias, ou mesmo com a coroa de ouro que estou usando.

– Roupas, pérolas, joias e coroa não são para mim – o sapo retrucou. – Mas, se você me amar e me aceitar como companheiro de brincadeiras e se me deixar sentar à mesa, comer do seu prato, beber de seu copo e dormir em sua caminha, eu mergulharei na água e trarei a bola de volta.

– Sim! – ela respondeu. – Prometo tudo isso, o que você quiser, se você me trouxer minha bola.

Contudo, ela pensou: "Que pedido absurdo! Como se ele pudesse fazer algo além de sentar na água e coaxar com os outros sapos, como se pudesse servir de companhia a alguém".

Assim que ouviu a promessa, o sapo caiu na água e mergulhou até fugir de vista. Após alguns instantes, ele voltou à superfície com a bola na boca e jogou-a na grama. A filha do rei ficou extasiada ao rever seu lindo brinquedo, que tomou nas mãos antes de sair correndo.

– Pare, pare! – o sapo gritou. – Leve-me junto. Eu não consigo correr tão rápido assim!

Mas foi inútil. Por mais que o sapo coaxasse, a moça não queria ouvi-lo. Ela correu para casa e logo se esqueceu do pobre sapo, que teve de voltar para o poço.

No dia seguinte, quando a filha do rei estava sentada à mesa com o pai e toda a corte, comendo de seu prato de ouro, ouviram-se ruídos de passos na escada de mármore e então uma batida na porta, seguida de uma voz que berrava:

– Caçula do rei, deixe-me entrar!

A moça se levantou e correu para ver quem era, mas, quando abriu a porta, viu o sapo sentado lá fora. Então ela fechou a porta com pressa e voltou a sentar-se, sentindo-se muito apreensiva. O rei notou como o coração da filha batia rápido e disse:

– Minha filha, do que você tem medo? Há um gigante à porta pronto para levá-la daqui?

– Oh, não – ela respondeu. – Não é um gigante, mas sim um sapo horrendo.

– E o que o sapo quer? – o rei perguntou.

– Oh, papai! Ontem, eu estava sentada perto do poço brincando com a minha bola quando ela caiu no poço. Então, depois de me ver chorando por tê-la perdido, o sapo buscou-a para mim com a condição de que eu o deixasse ser minha companhia, mas eu nunca pensei que ele fosse deixar a água e vir atrás de mim. Agora ele está lá fora e quer entrar para ficar comigo.

Então todos ouviram o sapo bater à porta pela segunda vez e dizer:

O que agora esqueceu
A caçula do rei prometeu.
Não se faça de mosca morta
Abra logo essa porta!

– Você tem de cumprir o que prometeu – o rei disse. – Deixe-o entrar.

Ela abriu a porta, e o sapo saltitou para dentro, seguindo cada passou dela, até chegar à cadeira. Então ele parou e disse:

– Levante-me para que eu possa sentar com você.

Ela não fez isso até que o rei ordenasse. Quando foi colocado na cadeira, o sapo quis ir para a mesa e lá ele sentou e disse:

– Agora aproxime um pouco o seu prato para que possamos comer juntos.

E assim ela fez, mas todos podiam ver como estava relutante. O sapo comia com vontade, enquanto cada pedaço de comida parecia ficar entalado na garganta da moça.

– Já comi bastante – disse o sapo, finalmente. – E, como estou cansado, você deve me carregar até o seu quarto e aprontar a cama. Nós nos deitaremos juntos e iremos dormir.

Então a filha do rei começou a chorar, pois estava com medo do sapo gelado, medo de que nada o deixasse satisfeito. Ele queria dormir em sua cama limpa e bonita! Irritado com seu comportamento, o rei disse:

– Você tem de cumprir aquilo que prometeu em um momento de necessidade.

Então ela pegou o sapo com o dedo indicador e o polegar, levou-o para o quarto e colocou-o em um canto. Quando já estava deitada, preparando-se para dormir, o sapo rastejou cama acima, dizendo:

– Estou cansado e quero dormir tanto quanto você. Coloque-me na cama ou eu contarei tudo ao seu pai.

Possessa de raiva, ela o pegou e o arremessou com toda a força contra a parede, gritando:

– Agora fique quieto, seu sapo horroroso!

Porém, ao cair, ele deixou de ser sapo e se transformou de repente em um príncipe com olhos belos e doces. E aconteceu que, com o consentimento do pai da moça, eles se casaram. O príncipe contou a ela como uma bruxa má o havia enfeitiçado e como ninguém exceto ela poderia libertá-lo. Disse-lhe também que os dois iriam para o reino do pai dele.

Então chegou à porta uma carruagem guiada por oito cavalos brancos, com plumas brancas na cabeça e arreios de ouro, e nela estava o fiel Henrique, o empregado do jovem príncipe. Henrique sofreu tanto quando seu mestre foi transformado em sapo que teve de colocar três bandagens de ferro no coração, para impedi-lo de explodir de angústia. Quando Henrique ajudou o casal a subir na carruagem e esta se pôs a andar, levando o príncipe de volta a seu reino, ele se encheu de alegria. Depois de terem percorrido parte do caminho, o príncipe ouviu um barulho na traseira da carruagem, como se algo tivesse quebrado. Ele se virou e gritou:

– Henrique, a roda deve ter quebrado.

Mas Henrique respondeu:

Foi o curativo de um coração sofrido
Por causa de meu mestre querido.
Quando sua perda chorei,
Com ele a dor estanquei.

Mais duas vezes ouviu-se o mesmo som, e a cada vez o príncipe achou que era a roda quebrando, mas eram as outras bandagens do coração do fiel Henrique que se soltavam porque agora ele estava muito aliviado e feliz.

Leia também:

Apocalipse Z: o princípio do fim

As lições de Chico Xavier

Beije-me onde o sol não alcança

Bem profundo

Coleção Essencial: Allan Kardec

Coleção Essencial: Maquiavel

Mulheres inteligentes, relações saudáveis: o livro que toda mulher deveria ler antes de se relacionar

O que você quiser

O tempo entre costuras

Este livro foi composto em Adobe Garamond Pro e Requiem Text
e impresso pela Intergraf para a Editora Planeta do Brasil em julho de 2017.